TIRITH'S VIEW
別這樣好嗎？
請兩位住手好不好？
「王八蛋，看看你做了什麼好事！
我不是一直叫你安分點嗎？
你就這麼不相信我這個搭檔？」
邪惡組織的必備情節

CONTENTS

序章
P.010

第一章　求死的少女　P.014

第二章　基本上全是上司惹的禍　P.062

第三章　興趣是遊戲解謎　P.102

第四章　VS砂之王！　P.148

最終章　壞蛋們的誕辰紀念　P.194

尾聲
P.263

COMBATANTS WILL BE DISPATCHED!

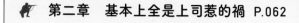

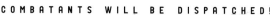

戰鬥員

暁なつめ
NATSUME AKATSUKI

ILLUSTRATION
カカオ・ランタン
KAKAO LANTHANUM

派遣中!

5

Kadokawa Fantastic Novels

序章

阿絲塔蒂的聲音響徹了祕密結社如月本部。

「所以說，已經不用管莉莉絲的命令了！把當地的任務交給其他戰鬥員，你現在馬上回來！」

『就算妳這麼說，但妳們這樣不守規定，我會很傷腦筋耶。要中止最高幹部發布的指示，只能由發布指示的本人執行。這可是有明文規定的喔？』

看到螢幕上的六號挖著鼻孔表示拒絕，阿絲塔蒂氣得柳眉倒豎。

「你怎麼可能知道規定這種東西啊，肯定是誰在給你出主意吧！是不是愛麗絲要你這麼說的！……來，莉莉絲，下達指令中止的命令吧。」

或許是姑且想遵守規定吧，只見阿絲塔蒂一臉嚴肅地催促莉莉絲。

「嗨，六號。抱歉，我要中止先前下達的指示。你可以回來地球了。」

聽到莉莉絲意外老實的這句話，六號馬上回答：

『恕我拒絕。莉莉絲大人，您不是被五花大綁吊掛起來了嗎？換句話說，您是在被威脅

的狀況下說的吧？不過別擔心，我是莉莉絲大人忠誠的部下，有確實察覺到這一點，所以請放心交給我吧。』

「等、等一下！莉莉絲之所以被綁成這樣是有原因的，我沒有威脅她說這種話……」

「就是說啊，六號，阿絲塔蒂跟彼列好過分喔！搶了我的寶物後，就把我綁起來，讓我受盡折磨……！」

阿絲塔蒂連忙堵住莉莉絲的嘴，但六號見狀後，露出了驚訝的表情。

『我本來以為應該是莉莉絲大人又做了什麼蠢事，沒想到您真的被威脅了……！放心吧，莉莉絲大人。我會繼續執行任務，直到您安然無恙地在我面前展露活潑的模樣。所以您也不能屈服於邪惡女幹部的欺凌，好好撐下去！』

「她也是邪惡女幹部之一啦！啊，等……等一下……！」

單方面留下這些話後，六號沒等她們回覆就切斷了通訊。

管制室重返寧靜。只留下被五花大綁懸吊在天花板上的莉莉絲和神情愕然的阿絲塔蒂。

這時，莉莉絲露出戲謔的神情，彷彿在嘲笑呆若木雞的阿絲塔蒂。

「事情大條嘍，阿絲塔蒂。這下子六號不會回來了。啊啊，現在只剩下一個方法。只要我再趕往當地一趟，直接撤回指令就行了。隔著螢幕是行不通的，因為在畫面外架著武器威脅的招式我們太常用了。」

「…………」

看到被繩索緊緊綁住還在誇耀勝利的莉莉絲，阿絲塔蒂不發一語，動也不動。

「我要不要幫忙說服六號回歸，就取決於妳的態度，哈哈哈哈。立場好像逆轉了呢！那麼，我這裡有三項要求。第一，把我的觸手跟財寶還給我。第二，更正對待我的態度，要用符合天才科學家的禮儀來接待我。具體的意思就是，以後不管我做什麼，都不能對我行使綑綁之刑。第三！」

「如果妳是說帶回來的財寶，那些不在這裡。」

「把我的班表調整成週休二日…………妳剛剛說什麼？」

想從五花大綁的狀態下掙脫而不停扭動的莉莉絲忽然停下動作。

阿絲塔蒂伸手指了指管制室。

「這裡只有我和妳而已吧？財寶已經被彼列拿去款待下屬了。」

「幫我鬆綁！吶，阿絲塔蒂，我會幫忙說服六號，所以快幫我鬆綁啦！我在當地這麼拚命，別讓我的努力付諸流水啦！」

莉莉絲瘋狂扭動，向阿絲塔蒂提出控訴時，如月社內響起了館內廣播。

『本部的怪人和戰鬥員請注意。為了犒賞平日辛勤不懈的社員，業火之彼列大人要掏腰包請客了。目前沒事的同仁請至大廳集合。無法脫身的同仁，請在工作結束後依次抵達宴會場……』

「阿絲塔蒂，是我錯了，快放開我！上次我得意忘形對妳出言挑釁，我跟妳道歉！雖然在當地發生了很多事，但我真的很努力了！還有，雖然剛剛一直在忍耐，但我現在有點想去廁所！」

莉莉絲大汗淋漓地放聲大喊，阿絲塔蒂卻都不理不睬，隔著窗仰望天際——

「你一定要早點回來……」

「別再多愁善感了，快一點！吶，我真的快尿出來了啦！」

第一章 求死的少女

1

黑之莉莉絲炸了魔王城的防禦設備後，又過了一週。

莉莉絲浩浩蕩蕩地前來，原本想用地球的科學之力大開無雙，卻完全派不上用場。最後她一氣之下，攻進了魔族領地。

面對如月幹部壓倒性的暴力，還以為魔王軍會馬上答應我們的交涉。但魔王軍四天王的炎之海涅卻遲遲沒有聯繫。

話雖如此，現在莉莉絲也返回地球了。如果要以當今的戰力再度攻打魔王城，實在有點困難。

因此，無事可做的我正在基地的娛樂室裡打屁聊天……

「喂，六號，你看這個！」

當我正在玩莉莉絲裝設的遊戲機台時，雪諾忽然興沖沖地打開門。

接著，她遞出一張看似報告書的紙，自信滿滿地說：

「才氣過人的我蒐集了魔王的相關資料！舉凡興趣、性別、特技和愛吃的食物，應有盡有！我帶來的這些情報，和魔王交涉時應該可以派上用場！」

看完雪諾帶來的報告書後，我把那張紙揉成一團扔了。

「啊啊，你在幹嘛！」

「妳還好意思問！開什麼玩笑啊。照理來說，這種時候的魔王一定會是美女或美幼女吧！而且語尾還得加上『唄』才對！如月幹部全都是女人，所以這算是潛規則吧！可是……」

沒錯，明明該是如此……！

「為什麼魔王會是魔族大叔啊！」

「我哪知道啊！再說，你怎麼會認為魔王是女人呢？雖然這個國家也不例外，但王者就是男人的專利！好了，給我繼續看下去！」

雪諾將紙張的皺褶撫平硬塞給我。我心不甘情不願地看了一眼。

【魔王米祿米祿，大魔族，支配魔族領地長達兩百餘年。外表是個有犄角的壯年男性。

原本和人類保持適當距離，但旗下大半領土被巨大魔獸「砂之王」化為沙漠後，為了尋求住所，才對葛瑞斯王國展開突襲。歷經長期征戰，當魔王軍與人類軍都感到疲憊不堪時，王城的專屬占卜師發布預言，表示勇者將會覺醒，討伐魔王，人類也能獲得片刻的和平。可是現階段勇者行蹤不明，這位隨便亂預言的占卜師遭到罷免……】

「……吶，我對這位被罷免的占卜師有點在意。搞不好是因為我跟愛麗絲來到這顆星球，他的占卜才會失準。」

沒錯。原本勇者應該會像常見的王道故事那樣，一舉打敗魔王。

結果我們這個不尋常的因素闖入後，一切都走偏了。

……但這顆行星只是有點像奇幻世界而已，並不是遊戲或故事，所以未來是能改變的。

話雖如此，還是讓人有點心痛……

「你說這些話也沒用，那名占卜師早就被流放了。再說，占卜這種可疑的東西怎麼會準嘛。他還在城裡的時候，連會上漲的期貨標的都沒猜中呢。」

「妳還是一樣很不正經耶……也罷。我們為求生存也拚盡了全力，闖了一點禍也無可奈何。」

下次見到他的話，就跟他說聲對不起，請他喝一罐咖啡吧。

不過，話雖如此……

「雖然性格貪婪又傲慢，卻一心一意想興盛魔族。上次我們侵略魔族領地時，他似乎感受到我方的威脅，所以用魔族領地的居民安危加以恐嚇，應該能順利進行交涉……妳姑且算是一名騎士，不是我們這種邪惡組織的成員吧？」

這傢伙在報告書上寫的註解反而更貼近我們如月的思維。

雖然以前就覺得她很黑心，但這次連我都傻眼了。

「你在說什麼啊，就因為我是這個國家的騎士才會這樣。本國第一，他國第二，敵國就更不干我的事了。見到那位魔王之後，你再親自問他吧，他應該也會給出類似的答案。我在調查魔王的時候，就對他有種親近感……」

這個女人誰不好選，偏偏和魔王產生了共鳴。

為了這個國家著想，還是盡早將這傢伙處理掉比較妥當。

是說，她光看外表還算不錯，感覺很適合當酒店小姐。

……乾脆從後面綑住她，將她送到如月在地球上經營的酒店好了——正當我在心中如此糾結時……

「什麼嘛，我才想說怎麼到處都找不到人，原來在這裡啊。你們幾個很閒的話，就來幫個忙。」

說著這些話出現在娛樂室的人，正是揹著背包，手上抱著散彈槍的愛麗絲——

——前陣子，從地球來到此地的最高幹部莉莉絲說：

『我命令你們以這座基地為據點，向周邊各國展開諜報及侵略行動。』

除此之外，她還說了另一句話。

『與此同時，也要以基地為起點，在這片土地上打造適合人類生存的小鎮。喚醒這片荒蕪的大地，開拓森林，打下足以讓地球人移居的環境基礎。』

由於魔王問題懸而未決，現在還不能向周邊各國展開諜報行動。

這樣一來，剩下的工作就是另一項任務，也就是開拓森林及打造城鎮——

「六號，樹人跑到那裡去了！牠可以加工成上等的木材，砍下來的枝椏還能當作魔法材料賣出去！別讓牠跑了！」

「少囉嗦！我可是專職戰鬥的戰鬥員，為什麼非得去砍柴啊！」

我跟著愛麗絲和雪諾來到基地前方的廣闊森林中。

「別說這種話了，幹活吧，搭檔。開發用的材料遠遠不足，惡行點數得省著用才行。採集完畢後，我會給你零用錢。」

「別以為每天給我零用錢，我就會乖乖聽話！我只認金幣喔！亮晶晶的那種！」

我手持R鋸劍擺好架式，對準樹根如腳一般到處逃竄的樹木，也就是樹人。

樹人是偶爾會出現在奇幻遊戲中的一種生物。

我已經不想再吐槽這顆行星的生物了。如果對「為什麼樹木會動」這件事感到疑惑，也太不識趣了。

總之這顆星球有魔法存在。在這個浩瀚的宇宙當中，說不定有些行星上棲息著殘暴的蔬菜呢。

這顆星球的生物實在太不合邏輯了。正當我為此心生糾結時，雪諾在我身後喊道：

「等等，六號。如果每天都能拿到金幣的話，我想轉職當樵夫！」

「妳、妳瘋了嗎？辭掉騎士一職，妳的可取之處就只剩下胸部而已……嗯……？喂，木頭上黏著什麼東西？」

我傻眼地轉過頭去，發現有幾個像黑色乒乓球的東西黏在木頭上。

「……唔？這是三跳蛙的卵吧。這樣正好，把它撿回去吧。」

說完，雪諾便不加思索地抓起那個東西。我好像在哪裡聽過這個名字。

「喂，三跳蛙不是會自爆的生物嗎？妳拿那種危險生物的卵要做啥？」

「沒有受到強烈的衝擊，三跳蛙的卵就不會爆炸。可以當作投擲武器使用，乾燥後磨成粉，還能製成強力的火種。總之可以拿去賣。」

只要一扯上錢，這傢伙真的就衝很快耶。

「不要堆放在基地室內，不小心讓卵孵化喔。」

「我有這麼蠢嗎？這種生物得長時間沐浴在皎潔月光下才會孵化。只要堆放在陰暗處就不可能孵化啦。」

不過，舉凡樹人、莫吉莫吉和三跳蛙這種宛如繞口令的神祕生物，這顆行星的生物真是謎團重重耶。

我拿著三跳蛙的卵，對這件事深思細想……

「喂，你們幾個，最重要的樹人逃走了啦。」

「「啊！」」

——看著堆放在基地材料倉庫的木材，愛麗絲說：

「兩位辛苦了。來，這是報酬。明天要再麻煩你們嘍。」

由於現在跟魔王軍休戰，除了我以外，手邊沒事的戰鬥員似乎都被動員來蒐集材料了。

材料倉庫還堆放著從岩山採集而來的石材及大量礦石。

「太棒了，是金光閃閃的錢幣！今晚可以用這筆錢大喝特喝了！」

「喂，六號。要去喝酒的話，可以帶著嫵媚動人的我一起去喔！」

從外表看似十二歲左右的愛麗絲手中拿到報酬的我從來沒這麼開心過。

「開什麼玩笑，妳就是想坑我吧！什麼嫵媚動人啊？知道妳有多黑心以後，現在我根本沒把妳當女人看。」

「哼哼，你根本不懂何謂好女人。要有一點點缺點，才顯得可愛受歡迎。」

妳才不只一點點咧。

「總之，我會替你斟酒，你就請我吃頓飯吧！長期的野外求生生活讓我很懷念餐廳裡的食物啊！」

「妳也有拿到金幣吧！而且野外求生生活是什麼意思……奇怪？妳有拿到金幣吧？」

這麼說來，從愛麗絲手中拿到報酬的只有我而已。

見我一頭霧水，愛麗絲一副理所當然地說：

「雪諾的債務已經移轉到我身上，所以報酬就先從那筆帳中扣除掉了。」

「所以為了拚命攢出生活費，我每天都在眼前這片森林蒐集能吃的東西。你是我的隊長吧？那你就有義務請部下吃飯！」

她原本是近衛騎士團隊長耶，到底要自我放逐到什麼地步啊？

「只有這種時候才會喊我隊長。前陣子妳不是說不想再跟我們扯上關係了嗎……喂，把胸部擠過來也沒用，隔著戰鬥服根本毫無觸感可言！」

雪諾不停地將胸部擠過來。知道沒效後，就改用雙手夾著自己的胸部向我展示。

「你這傢伙，剛見面的時候明明對我的胸部很感興趣！怎麼，找到新的胸部了是吧？覺得比我的更棒嗎？我對胸部可是超有自信，這可是本國數一數二的美乳！隊長，求求你！請可憐的部下吃頓飯吧！」

「妳、妳要墮落到什麼程度啊……我會請妳吃飯，別再展示妳的胸部了……」

平常的我應該會為此欣喜不已，但看她悽慘至此，我甚至起不了色心。

看著愚蠢的部下歡喜的模樣，我忽然發現一件事。

「對了，說到部下我才想起來，蘿絲和格琳在做什麼？」

「那兩人結束王城的每日訓練後，說有事要找緹莉絲殿下，想和她見個面。還說無論如何都想談談往後的事情……」

也對，她們是隸屬於本國的士兵嘛。

雖然這陣子蘿絲已經正式成為如月的實習戰鬥員，但應該還沒跟她說明薪資等其餘事項，連契約都還沒簽訂。

是說……

「她們都在工作，妳這個騎士卻在這裡兼差，這樣好嗎？」

「你應該沒忘記吧？我姑且是在監視你的一舉一動喔。而且騎士平日的工作就是維護城鎮治安。換句話說，監視你們這些一天到晚惹麻煩的人是很了不起的工作，才不是兼差。」

雪諾一臉嚴肅地這麼說，並俐落地將採集到的三跳蛙卵塞進袋子裡。

2

當天晚上。

「喂，老闆，把菜單上的所有品項都端上來！」

「開什麼玩笑啊，妳這白髮女！別因為有人請客就得意忘形！給我克制點！」

「吶，隊長，你還好意思說！平常我請客的時候，你都狂點昂貴的酒來喝耶！」

以前我初來乍到時，曾跟雪諾在這間酒吧喝過酒。現在和愛麗絲、小隊成員久違地齊聚於此。

當我拿起啤酒杯暢飲，格琳抓著我的肩膀搖個不停。蘿絲則將類似開胃菜的小菜塞得滿嘴都是，接著握緊拳頭說道：

「放心吧，隊長。只要有我在，就絕對不會有剩！」

「我才不是在擔心剩菜的問題，是在為我的錢包憂心啊。這裡人這麼多，就算我能逃也插翅難飛。」

「吶，隊長，拜託你別吃完就跑喔！這家店是我的愛店之一耶！」

格琳砰砰地猛拍桌，愛麗絲則感慨萬千地說：

「聽說人類這種生物會不斷成長，但你們卻一點也沒變耶。」

「妳是在說我青春永駐嗎？我被稱讚了對吧？」

我想應該不是。

這時，到剛才為止都在猛吃開胃菜的蘿絲忽然心意已決似的挺直背脊。

「……隊長、愛麗絲小姐，我有話要說。」

「怎麼了？想吃我們的開胃菜嗎？真拿妳沒辦法，拿去吧。」

「我也沒辦法進食，所以沒差，給妳吧。」

「不對，不是這樣啦！但小菜我就收下了！」

蘿絲把小菜盤拉到自己眼前後，神情嚴肅地說：

「我已經正式辭去葛瑞斯王國的士兵一職了。往後將以如月戰鬥員的身分繼續努力，還請多多指教。」

「咦咦！」

雪諾驚呼一聲，這時格琳也勾起愉悅的笑容說：

「我還有些司教的工作要交接，所以下個月才會辭去軍職。現在人手不夠，你們很傷腦筋吧？需要澤納利斯的大司教幫忙吧？」

「連格琳都要辭職！」

雪諾飽受衝擊，但我和愛麗絲聽到之後……

（喂，愛麗絲。我本來是想推薦蘿絲當怪人候補，但格琳要怎麼辦？）

（成天坐輪椅的戰鬥員有什麼屁用啊？在荒地上行動也處處受限。平常就讓她在這個國家工作，必要的時候再借用她的能力就好了吧……？）

「你們的對話我都聽得一清二楚！等一下，不死怪物祭典的時候就已經展示過我的可用性了吧？我平常確實都在扯後腿，但緊要關頭都能派上用場啊！而、而且……！」

格琳向我送來富含深意的一記秋波。

「比起完美無缺的女人，需要費點心照顧的女人比較可愛吧？」

「妳說了跟雪諾很像的話耶。」

聽我這麼說，格琳僵在原地。雪諾則因為兩人都要離職一事傷透腦筋。

蘿絲嘿嘿地笑了幾聲，有些害羞地搔搔頭。

「雖然只是實習戰鬥員，但以後就要在如月工作了，我覺得還是得劃清界線才行。所以才決定跟緹莉絲殿下說清楚。」

「我、我是不能放著蘿絲不管！還有漏洞百出的隊長！你們當然會接受我吧！否則我就要變成無業遊民了！我已經說好下個月要辭職了！」

雖然格琳用這些話苦苦哀求，但她應該是對蘿絲這個朋友放心不下吧。

「……也是可以啦。反正妳那奇怪的神祕力量偶爾也會派上用場。況且如月好像還沒有怪人殭屍女吧？就我而言，女性部下當然是多多益善。」

「請多指教，怪人殭屍女。以後要好好尊敬我這位上司，叫我愛麗絲小姐。」

「別用那種方式叫我，不然我要降下詛咒喔！」

怪人殭屍女也決定加入後，我打算再次與眾人乾杯。

這時，雪諾將空啤酒杯砸向桌面，狠狠地瞪著我說：

「……哼。居然從我國挖角蘿絲和格琳，這件事我就當作不知情吧。雖然很不甘心，但在你們出現之前，她們的待遇其實滿慘的。看到她們這樣開開心心的樣子，我也沒資格說些什麼。可是！」

「講話再這麼目中無人，我就不幫妳買單嘍。」

原本氣勢洶洶的雪諾被我這句話嚇得停下動作。

「……可、可是……別以為我會像她們一樣，馬上就能拉攏喔！雖然我對賄賂沒什麼抵抗力，唯獨對這個國家忠心耿耿……」

雪諾的氣勢減弱了些，但我和愛麗絲互看一眼後說道：

「把妳這個騎士拉進陣營，應該不太好吧。這一點我還是有點自覺。」

「雪諾就維持現狀無妨。平時妳就繼續報效國家，必要時再來我們這裡打工就好。」

「咦！」

雪諾瘋了似的大吼一聲，好像對我們的回答大感意外。

「仔細想想，我也是受僱於這個國家耶。本業這邊差不多要開始忙了，是不是也該跟緹莉絲說清楚比較好？」

「你是要和這個國家建立橋梁，才會受僱其下吧。像現在這樣領如月和這個國家的雙份薪水也無所謂。所以雪諾，我們不會硬把不甘願的人拉進組織，妳大可放心。」

聞言，蘿絲拉了拉愛麗絲的袖子，問：

「愛麗絲小姐、愛麗絲小姐。我怎麼記得自己是被半強迫變成實習戰鬥員啊……」

「哦，剛剛點的菜好像來了。我沒辦法吃這些飯菜，妳可以全部吃掉喔。」

「哇～謝謝妳！」

蘿絲上鉤之後，馬上把記憶拋到九霄雲外。在她身旁的雪諾連珠炮似的問：

「真、真的不拉攏我嗎？別看我這樣，我原本是近衛騎士，而且還擔任隊長一職喔？不僅有指揮能力，技藝也超群，真的要輕易放棄我這個人才嗎？」

不知為何，雪諾表現出焦急的神情。

「技藝超群的人，我們這邊要多少有多少啊。喂，蘿絲，那道菜也讓我嚐嚐看……這什麼？爬蟲類燉菜之類的嗎？」

「這是燉煮六跳蛙。會在口中砰砰砰，很好吃喔。」

在口中砰砰砰是什麼味道啊？應該不會爆炸吧？

「真、真的要放棄嗎？我逐年建立起來的情蒐能力非常厲害喔？放我走的話，你一定會後悔莫及！」

「就說不需要了！我們這裡還有愛麗絲，她的情蒐能力肯定比妳強多了。畢竟她還能跟衛星連線嘛。這個世界都被她看光光了啦！」

我對雪諾大罵「活該」狠狠譏諷，她就氣得柳眉剔豎……

「喂，六號。莉莉絲大人回去以後，軍事衛星就沒辦法使用了。」

事到如今，愛麗絲才用閒話家常的語氣說出這麼重要的事。

「咦？怎麼會？衛星不是還懸在上面嗎？為什麼已經不能用了？」

「我哪知道。衛星最後拍到的影像，是一座類似浮島的東西。我記得闖進這顆星球時沒看到那個東西，或許是罩著一層光學迷彩吧。」

那座神祕的浮島足以擊落宇宙空間中的衛星……

「什麼嘛。聽你這麼說，愛麗絲的絕招已經派不上用場了？怎麼樣，現在還可以在我面前下跪，用高額報酬借用我的力量喔！哈哈哈哈哈哈！」

雪諾一臉勝券在握的模樣，說完還親暱地將手環上我的肩膀。

「這顆星球到底是怎麼回事啊！有體型龐大的蚯蚓跟地鼠，全是些莫名其妙的生物！連當地居民也都是怪咖！」

「喂，六號，你應該沒把我歸類在怪咖居民裡吧？你給我坦率一點！需要我的力量吧？來，快說你想要我！」

這傢伙是怎樣，麻煩死了！

「妳的酒量這麼差，居然還一口乾！格琳，別再讓她喝了！」

這個女人平常總是目中無人，充滿好勝心，酒量卻差到極點，跟她的年齡相當。

以前經營剝皮酒店的時候，為了酒量不好的她，我還準備了無酒精飲料……

「我的酒量哪裡差啊！你看，啤酒杯空了！我喝了很多！」

「對啊，雪諾千杯不醉，好帥氣喔。來，再來喝這杯。」

「我不是說別再讓她喝酒了嗎！這傢伙現在住在基地耶，妳覺得是誰要帶她回去啊！」

「堆長，尼不吃波波蛇漏的話，咳以給偶嗎？」

雪諾面紅耳赤地拚命逞強，格琳覺得有趣又繼續勸酒，蘿絲則是認真地將飯菜扒入嘴裡。這個夜晚跟以往有幾分神似。

「妳給我自己走回去！如果走起路來搖搖晃晃，我就把妳扔在附近的便宜旅社，自己回家喔！」

「你要帶我去便宜旅社？格琳，妳聽見沒有？這個男人對我圖謀不軌！哈哈～所以才一直灌我酒啊，你這大色狼！」

「我剛剛是說把妳扔了自己回家耶！再說，是妳自己要喝的吧！我也有選擇對象的權利好嗎！」

看到我們開始扭打了起來，格琳笑著將杯中物一飲而盡，蘿絲則在一旁起鬨，要我們繼續打。

見狀，愛麗絲大感傻眼，卻有些開心地喃喃道：

「你們真是一點也長不大耶……」

「不，各位客人也該長大了吧……」

3

最後，我揹著哭哭啼啼地說「拜託不要排擠我」的雪諾回到基地。隔天早上——

「…………早安……」

我在基地的餐廳裡，邊看著翻譯成日文的報紙邊吃早餐時，滿臉通紅的雪諾向我打了聲招呼。

這副前所未有的乖巧模樣，可見雖然酩酊大醉，卻還是有點記憶。

她欲言又止，一直偷瞄我。

「早啊，昨晚玩得很開心呢。」

「唔，殺了我！」

雪諾雙手掩面癱坐在地。我沒理她，喝著味噌湯並向看報紙——

「……砂之王的活動範圍急速擴大。率領駱駝商隊的人開始慎防戒備。本報社也承攬了傭兵團的引薦業務，聯絡方式如下……」

……這個國家還有傭兵團啊？

雖然跟魔王軍的性質不一樣，但也算是我們的同行。得找一天過去打聲招呼才行。

正當我思考著怎麼用如月風格的方式問候時……

「哦，六號，早啊。還有……」

走進餐廳的愛麗絲跟我問了聲早，接著樂呵呵地說：

「『我還不想回去！』『我們是夥伴，別丟下我一個人！』一直拚命哭鬧，最後哭累睡著的雪諾，妳也早安。」

「要錢的話我會給妳。增加我的借款也無所謂，請妳忘了昨晚的事吧……」

當雪諾嗓音發抖地低聲請求時，愛麗絲對我們說：

「我是仿生機器人，所以一輩子都不會忘記。別說這些了，跟我去王城一趟吧。魔王軍好像終於派使者來了。」

——很久沒來王城了，整座城的外觀還變了不少。

外牆上裝設了無數支看似長槍的東西，還加了一道深深的溝壑。

「城堡在我不知道的期間改裝過了啊。我還以為緹莉絲在這方面很節儉呢。」

「你覺得王城的改裝工程是拜誰所賜？就是因為你們擅闖緹莉絲殿下的閨房才會變成這樣。」

……原來如此。是因為我跟戰鬥員十號每天晚上往她房間跑啊。

但那麼做可以獲得大量的惡行點數，感覺挺好賺的說……

「你那是什麼眼神，別妄想還能繼續闖入了！還有，也好好叮嚀一下你們組織裡的那個變態！」

我們組織裡有一大堆變態耶，我該跟誰說才好？

畢竟除了品行端正的我，整個如月都是變態嘛。

「他們雖然很變態，但是沒有惡意啦。看在我的份上就原諒他們吧。別說這些了，讓使者海涅等太久的話，她會抱怨喔。」

「你、你該不會覺得自己跟他們不一樣吧……」

走在前面的愛麗絲聽到我們的對話，便停下腳步轉頭說道：

「使者好像不是海涅。對方是個年輕女孩，但不要捉弄人家喔。」

哦，我可以把這句話理解成事先預告吧？

……不久後，我們來到城門前。看到我們以後，其中一名士兵打開城門。

「恭候大駕，愛麗絲大人、六號大人。這邊請。」

士兵說完，就先走在我們前方。跟著士兵走時，後頭卻傳來雪諾的叫罵聲。

「喂，你們這是什麼態度！」

「不，因為我們接到的放行命令，就只有愛麗絲大人和六號大人……」

回頭一看，發現雪諾被士兵擋住了去路。

「笨、笨蛋，我可是這個國家的騎士！而且是前近衛騎士團隊長，還是緹莉絲殿下的親信！你是新兵，所以不認識我嗎？這次我就不予追究，下不為例！」

語畢，雪諾就想把士兵推開，但士兵還是不肯讓道。

「我認識雪諾大人。這有點難以啟齒……」

「是啊。我們接到的命令是：就算是雪諾大人，除非事態緊急，否則不准讓她通過。」

「為什麼！」

雪諾最近的所作所為讓她的信用急速下滑，似乎被拒絕會面了。

「可惡，區區士兵竟敢瞧不起我！讓你們嘗嘗騎士的厲害！」

「啊啊，她終於拔劍了，呼叫援軍！」

「這傢伙已經不是騎士大人了，只是個罪犯！把她拿下！」

我跟愛麗絲沒把身後的騷動當一回事，繼續往緹莉絲的所在位置走去——

「——六號大人、愛麗絲大人，不好意思還勞煩您前來。由於魔王軍的使者蒞臨……」

這裡應該是王城的會客室吧。

寬敞的室內擺放著要價不斐的沙發。一名背上長著羽翼的魔族少女端坐在緹莉絲對面。

那名少女感覺和藹可親，一看到我們進房便馬上站起身來。

「初次見面。我是夢魔族的卡謬，長年隨侍在魔王陛下左右。這次以使者身分前來，與各位商談和葛瑞斯王國的停戰協議。」

自稱卡謬的這名少女說完後，深深低頭一鞠躬。

「我是祕密結社如月負責交涉的如月愛麗絲小姐。請多指教啊。」

愛麗絲馬上與她寒暄。儘管對方是個年紀尚輕的少女，也不能被初次見面的同行看輕。

我將雙手插在口袋，由下往上瞪著她看。

「哦，我是如月的老大戰鬥員六號。如月有點類似傭兵團……」

……咦？這傢伙剛剛說她是……

「……妳說妳是夢魔族？夢魔族就是那種色色的種族嗎？呃，就是魅魔吧？」

「不、不是，跟魅魔不太一樣。我們這個種族又被稱為『莉莉姆』，雖然共同點是都會造夢使人類墮落，但我們不會製造春夢……」

跟我遇見的那些怪咖相比，卡謬算是有常識的人。提到春夢時，她解釋得有些羞澀。

「原來如此，是魅魔的同行啊。但你們不製造春夢……那就是魅魔的劣化版吧。」

「不不、不對，才不是劣化版！夢魔族可是全魔族之母的大魔族莉莉絲大人第一個生出的菁英種族！」

…………

『愛麗絲！愛麗絲～！這傢伙剛剛說了很恐怖的事情耶，說是莉莉絲大人的女兒！喂，到底怎麼回事？對方是何方神聖啊！』

『冷靜點，六號。這件事我會寫在報告裡往上呈報。「全魔族之母」這個說詞，跟莉莉絲大人常掛在嘴邊的「全怪人之母」很像。相似到這種地步不可能毫無關聯。我再直接問莉莉絲大人吧。』

我們忍不住用日文開始對話。見狀，卡謬疑惑地歪了歪頭。

「抱歉，出乎意料的進展讓我亂了陣腳。回歸正題吧。呃，妳說胸部怎麼樣？」

「我根本沒說過這個詞！你從剛剛開始是怎麼回事啊？把我耍著玩嗎？」

緹莉絲舉起雙手說著「算了算了」，彷彿要安撫動怒的卡謬似的。

「這些人雖然不太正經，卻有著貨真價實的實力。打倒魔王軍四天王之一的地之加達爾勘德的人也是六號大人喔。」

「這位居然打倒了加達爾勘德大人……」

卡謬瞪大雙眼發出驚呼。

「哎呀，畢竟當時正在交戰嘛，事到如今可別抱怨啊。我這裡也有士兵犧牲了。」

「不，我能理解，所以不會多說什麼……這樣啊，你就是海涅大人說的……」

聽見她忽然說出海涅的名字，我將有些在意的事問了出口。

「那傢伙是怎麼說我的？據我推算，她差不多該出現嬌羞症狀了。」

海涅跟我交手多次，卻都被我放回去，我猜她應該快要愛上我了。這是漫畫跟輕小說的必備橋段。

這時候若再來一場英雄救美的事件，就算好感度飆到封頂也不足為奇。

「嬌、嬌羞……？呃，聽說那位大人非常強悍啊……」

見卡謬含糊其辭，我嗅出了可疑的氣息，便再次問道：

「那傢伙是怎麼說我的？吶，應該說了我的壞話吧。」

「呃、那個……聽說她被你拍了很多羞恥照，還在轉移前一刻被你搶走內衣，讓她難堪至極……」

如果是毫無根據的評論，我就要刁她幾句，但這些事我全都心裡有數。

「對了，使者怎麼不是海涅啊？她是不是擔心被我性騷擾，才把使者工作硬推給妳？」

「才、才不是。海涅大人現在……」

卡謬正想說些什麼，緹莉絲就拍拍手打斷了對話。

「閒聊就到此為止吧。我們還有很多非談不可的正事……」

「是啊。身為如月的交涉窗口，我想對魔王軍提出要求。正確來說，是關於你們城裡那座神祕的設施。」

黑心二人組的這番言論讓卡謬神色緊繃地握緊放在膝上的拳頭。

「關於這件事，魔王陛下已經允諾了。他說『看是要調查還是怎樣，隨便你們』。」

……哦？

「還以為會更頑強一點呢，想不到還挺乾脆的……？除此之外，本國也想和他談談賠償金跟停戰協議……」

「依陛下所言，這些事他想親自跟各位當面交涉。因此，請握有決定權的人親赴魔王城……」

話題進展得相當順利。不過，是不是上次莉莉絲大鬧的緣故，魔王軍竟對我們的力量印象深刻到這種地步？

緹莉絲和愛麗絲相互使了個眼色，似乎在確認什麼似的。

「我知道了。那我就去魔王城一趟吧。日期訂在什麼時候？」

聽到愛麗絲這麼說，卡謬鬆了一口氣。

「不好意思，要各位配合我們的安排。如果可行，能不能請您現在馬上出發呢……」

說完，卡謬深深地低頭請求——

4

隔天。

「哈哈哈哈哈哈！雖然那群士兵說的話讓人有點不安，但緹莉絲殿下果然還是對我信賴有加嘛！」

在奔馳的越野車中，雪諾興高采烈地放聲大笑。

在我們進行交涉的期間，這傢伙不知為何被王城士兵制伏，還被關在地牢裡……

「聽好了，六號。現在就是我的情報派上用場的時刻。你有把報告書帶在身上吧？」

「妳是說上面寫著『魔王貪婪又傲慢』的那張紙嗎？那個情報是真是假啊？如果魔王真如報告書所述，應該不會這麼乾脆地接受我們的要求……」

我在副駕駛座上說出這個疑惑，負責開車的愛麗絲用日文回答道：

『如果魔王跟報告書上寫得一模一樣，這場會面就是個圈套吧。緹莉絲也是基於這個疑慮，才會派雪諾以王國代表身分出席。』

『……要是我們大搖大擺地走進魔王城，就會被蓋布袋痛扁一頓嗎？喂，這樣我們也會很慘吧？』

是說現在回想起來，海涅沒有擔綱使者一事也令人匪夷所思。

至於魔王使者卡謬，目前正在越野車前方滑翔中。

『這種時候就要讓同業競爭者見識一下，設局陷害如月會有什麼下場。我就是為此才把蘿絲也帶過來的，儘管大鬧特鬧吧。』

愛麗絲的語氣雖然輕鬆，不過如果魔王陛下也是怪人等級的能力者就不足為奇。

越野車的後座上是天真地望著窗外的蘿絲，以及睡得不省人事的格琳。

蘿絲有事要請教魔王，自然要走一遭。但格琳是因為上次丟著她不管就哭天喊地，這次就在她睡著的時候把她搬到車上了。

『邪惡組織確實不能被人看扁……但只靠這些傢伙沒問題嗎？妳姑且有想好脫逃手段吧？』

看到雪諾把頭鑽出敞篷高聲大笑的模樣，我開始懷疑光靠這個陣容行不行得通了，心中滿是忐忑。

『圈套的可能性終究只是假設罷了。莉莉絲大人鬧過後，他們一定嚇得要死。說不定交涉過程也會意外順利。』

莉莉絲平常總會做些沒必要的事，不過這麼一來，這件事的功勞得算在那個廢物上司頭上了？

『總之，如果有個萬一，我會不惜祭出自爆這個最終手段。就包在我身上吧。』

『妳為什麼要把自爆放入選項裡啦！』

「你們從剛才就吵個不停耶，別再用母語聊天了！快要看到魔王城了！你們交涉的時候多加留意，別給我扯後腿！」

聽到雪諾的呼喊，我定睛一看，發現前方有座看似要塞的巨大城堡。

那座建築充滿近代風格，相較之下，葛瑞斯王國的王城看起來就像古老的城郭。一看就知道是舊時代的遺物。

車又開了一會兒，來到城堡附近時，只見魔王城周邊並沒有城下町這種城鎮。

兀自座落於荒蕪曠野上的魔王城，呈現出一種固若金湯的威勢——

「——隊、隊長，門自己打開了！一定有人躲在門後！小心突襲！」

「呵呵，蘿絲，冷靜點。那個叫自動門，在我們國家是稀鬆平常的文明利器。應該也沒有門衛。」

我對大驚失色的蘿絲解說完後，卡謬就飛回地面了。

接下來她應該會徒步帶我們進城。

那就先把越野車停在這裡好了。

要把格琳叫醒解釋情況也很麻煩，就讓她留在車裡待命吧。

這次姑且算是有帶她過來，她應該不會再哭哭啼啼了。

卡謬仔細端詳我們的越野車，確認格琳以外的成員都下車以後……

「那麼各位，這邊請……歡迎蒞臨魔王城。踏入這座城之後，就別妄想活著回去……」

「妳終於露出本性了，喝啊啊啊啊啊！」

卡謬話還沒說完，我就朝她飛撲而去——

「——你誤會了。我們一定要跟造訪魔王城的客人這麼說，這是老規矩！」

被我制伏在地的卡謬哭著拚命辯解，雪諾蹲下身子，用出鞘的魔劍隱隱威嚇道：

「小丫頭，看看妳做的好事。竟敢忽然威脅我們這些使者……」

「等一下，這真的是自古流傳下來的老規矩。我沒有說謊，請各位相信我！」

雪諾並不打算相信卡謬的說詞，而我跟愛麗絲將手放在她的肩上說：

「算了，雪諾，這傢伙說的應該是真的。對前來魔王城的人說那種台詞是種約定成俗的規矩。」

「六號說得對。我們既是競爭者又是同行，連手冊都有呢。」

看到我和愛麗絲表示認同，卡謬跟雪諾都瞪大雙眼。

「呃，這個老規矩在魔族之間也覺得莫名其妙，沒想到居然能得到人類的認可……」

「你、你們真的相信有這麼愚蠢的規矩嗎！」

兩人發出驚呼。但在邪惡組織中，這種規矩確實很常見。

如月當然也有關於入侵者的應對指南。

我們身旁的蘿絲也理所當然地點頭。感覺她對這種儀式感理解得最為透徹。

「……雖然搞不懂是怎麼回事，但除了我之外，大家似乎都能理解……這次就放妳一馬，別再說這種會招致誤解的話了。」

「可、可是謁見魔王陛下之前，也有規矩要遵守……對不起，這次就省略吧！」

在雪諾的魔劍威脅下，卡謬領著我們邁出步伐。

我還以為魔王城裡到處都是魔族，沒想到還挺空蕩的。

頂多偶爾會和全副武裝的半獸人擦肩而過。每次蘿絲都會放出飢渴的視線威嚇他們。

畢竟是魔王城，我原以為會是陰森驚悚之地，結果內部燈火通明，走廊也打理得十分整潔。

不久後，我們登上了好幾層階梯。不管是如月幹部還是魔王，邪惡組織的高層果然都住在高處啊。正當我在心中獨自感佩時——

「各位，這邊請。魔王杜瑟陛下就在這扇門後頭。」

引領我們的卡謬在一扇巨大門扉前停下腳步。

我記得魔王的個性貪婪又傲慢。

卻一心一意想要興盛魔族。

雪諾還說，若挾持魔族領地的居民當人質，交涉就能朝對我方有利的方向進行……

……奇怪，魔王的名字是叫杜瑟嗎？
我當時還覺得那個名字聽起來很像西米露耶。
……此時，站在門前的雪諾繞到我身後。
「好，就由隊長打頭陣吧。你是我們的王牌，一開始就狠狠下馬威吧。交給你了。」
「喂，開什麼玩笑。拜託妳不要只有在這種時候才叫我隊長！來這裡的路上妳不是幹勁十足嗎？我殿後就好！」
我跟雪諾開始互相推讓打頭陣的工作。愛麗絲不顧我們的爭執，毫無恐懼地打開了門。
有個人就在陰暗的房間正中央。
那是……
「愚蠢又勇敢的人類啊，真虧汝等能來到這裡……為了向汝等勇於站在本宮面前表示敬意，本宮至少會讓汝等如長眠般安詳地踏上末路……！」
有個跟傳聞完全不符的銀髮美少女，面紅耳赤地做出這等宣言——

5

根據雪諾的情報，魔王應該是個大叔。

那我們眼前這位連耳根子都泛紅不已，卻還是故作冷酷的少女到底是誰？

總之，現在還有更重要的事情要做。

「不好意思，我剛剛沒聽清楚。妳能不能再說一次？」

「咦……？」

我要求少女再說一次，她就僵在原地，似乎沒料到我會說這句話。

「哦，我也想再聽一次。這次我一定會錄下來，拜託妳了。」

「咦……我、我知道了，那就再說一次……」

「杜瑟陛下，不必照規矩來！這些人只是在調戲陛下而已！」

少女一臉嚴肅，頂著泫然欲泣的羞紅臉蛋準備回應我們的請求。卡謬連忙上前制止。

「如長眠般安詳地踏上末路」確實很像魔王的問候語。如月那些幹部也都會用那種開場白，所以我能理解。

這時，站在隊伍最前方的愛麗絲開口：

「我是祕密結社如月的交涉窗口愛麗絲小姐。妳住在城堡最頂層，又被稱作杜瑟陛下，我可以把妳當成魔王吧？」

……咦？

「喂，等一下。這女孩難道是魔王嗎？……對啊，果然沒錯！現在已經不流行不修邊幅的大叔魔王了！雖然她看起來像個普通少女，但總比大叔好多了！」

「在魔王陛下面前，給我有點分寸！」

我的情緒忽然高漲，卡謬拚命地想把我推到一邊。

「葛、葛瑞斯王國的各位使者，感謝你們蒞臨此地。初次見面，我是魔王杜瑟。」

杜瑟依舊滿臉通紅地自我介紹。

「……好了。卡謬，感謝妳過去長時間的付出。妳的任務就到這裡為止，剩下的就交給我吧。」

「杜、杜瑟陛下……！……請您多保重！」

卡謬不知為何淚眼汪汪地這麼說完，就離開房間了。期間還不停回頭看了杜瑟好幾次。

這就怪了。根據先前得到的情報所示，魔王的個性應該貪婪又傲慢，剛剛那種對話是怎麼回事？

「剩下的就交給我」這話也令人有點在意……

話雖如此，我還是依照愛麗絲來這裡的路上所吩咐的指示，展現出威勢十足的樣子。

「初次見面，魔王陛下。我的名字是戰鬥員六號，不必太拘謹，叫我六號先生就好。我們受僱於葛瑞斯王國，把我們想成類似傭兵團的組織吧。這個團體叫做如月，跟你們魔王軍一樣，是以邪惡組織為業的同行。」

「初、初次見面，六號先生。我聽炎之海涅提過你的名字。」

魔王陛下這麼說。聽到我的名號，不知為何縮起了身子。

是怎樣，海涅那傢伙到底把我抹黑到什麼程度啊？

「雖然很在意那傢伙是怎麼說我的，但我有兩個要求！第一，你們應該在之前的全面戰爭中看清了我們的實力，若仍執意一戰，我們樂意奉陪。但想停戰的話，我們就要索取賠償金。第二，希望妳跟這位小不點談一談。」

我繼續維持氣勢逼人的姿態，往身邊的蘿絲背後推了一把。

「那個，我是戰鬥合成獸，名叫蘿絲！今天來是想問問魔王陛下，知不知道我的出身和故鄉！」

和魔王對談的蘿絲相當緊張，嗓子都拔高了。然而杜瑟卻露出一抹溫柔的笑靨。

「嗯，這件事我也聽說了。跟妳同樣是戰鬥合成獸的羅素近來可好？」

「是是、是的！他每天都穿著女僕裝，開開心心地做家務！嘴上雖然抱怨連連，感覺卻幸福又快樂！」

「穿著女僕裝做家務？這樣啊，只要他幸福快樂，那就再好不過…………女僕裝？為、為什麼要穿女裝呢？」

杜瑟的內心似乎開始糾結，但羅素的扭曲性癖根本無關緊要。

「哦哦，魔王小姐，別管那個偽娘合成獸了，現在先談談小餓鬼合成獸的事情吧。這座建築物裡的神祕地下設施應該跟蘿絲有關。先讓我們看看那個地方吧！」

「好，這就帶你們過去。請往這邊走。」

說完，杜瑟就走過我們身旁，離開房間。

……嗯？

『愛麗絲、愛麗絲，她真的要直接帶我們過去耶，這也是圈套嗎？』

『不，我認為對魔王軍而言，神祕設施也是重要的談判籌碼之一……』

看到我們開始用日文對談，杜瑟不明所以地歪著頭。

話雖如此，既然她要特地帶我們過去，就乖乖跟著她走吧。

——可是，該怎麼說呢？走在我眼前的杜瑟越看越覺得她只是個平凡的女孩子。

「喂，愛麗絲，雪諾的情報網還真厲害。我記得魔王是個貪婪又傲慢的大叔吧？」

「哦，她還說自己的情報網能派上用場呢，確實了不起。」

「啊！不、不對！我接獲的情報，魔王的確就是壯年男子啊！再說他們連名字都不一樣嘛，魔王叫做米祿米祿！」

雪諾死命地找藉口辯護，但她的情報已經毫無價值可言了。

這時，走在前方的杜瑟停下腳步，轉過頭來說道：

「米祿米祿是我的父親。那個……前幾天他將王位傳給我了……」

……？

『吶，愛麗絲，在這個節骨眼傳承王位，不覺得很奇怪嗎？而且她怎麼看都不是當魔王的料。』

『……真是一頭霧水。如果能找個人問清楚就好了。』

雖然這麼說，但說到我們認識的魔王軍相關人士……

沒錯，就是海涅。她為什麼沒現身呢？只要跟她打聽一下，事情就快多了。

「魔王小姐，怎麼沒看見海涅？她在幹嘛？我以為她一定會擔任使者前往葛瑞斯呢。」

聽我這麼說，杜瑟露出有些為難的神情。

「……海涅現在被關在地下牢房裡。要跟她見一面嗎？」

6

在杜瑟的帶領下，我們來到地下室。結果蘿絲說出了不可思議的事。

「……我好像對這裡有印象耶……」

蘿絲左顧右盼地這麼說，就晃進其中一間房了。

「……吶，魔王小姐。可以讓那孩子自由行動嗎？」

「無妨。你們本來的目的不就是調查此處嗎？」

雖然對蘿絲突兀的行動有些在意，不過既然無所謂，那就隨她去吧。

現在重要的是海涅，見到她之後，我要問問這到底是怎麼回事……

——這時，我忽然察覺到一股氣息。轉頭一看，只見海涅在乾淨整潔的牢房中嚇得目瞪口呆，與我四目相接。

海涅百無聊賴地抱膝坐在牢房中間，看到我之後變得渾身僵直。

我指著海涅說：

「快看啊，魔王軍四天王被關在大牢裡耶！怎麼回事啊！噗哈哈哈哈哈哈！這是怎樣！是怎樣啦！」

「可、可惡，六號，你笑屁啊！我會落到這步田地，你覺得是拜誰所賜啊！」

「哈哈哈哈哈，太棒了，六號，繼續挑釁她！畢竟這個女人把我的魔劍熔掉了！喂，這位獄警，有沒有棍子啊？我要隔著欄杆戳她！」

海涅抓著鐵欄杆，對瘋狂挑釁的我和雪諾劈頭痛罵。但她的魔導石已經被拿走了，現在似乎沒辦法施放火焰。

我走向海涅，在她把手極力伸出欄杆縫隙也搆不著的距離說：

「喂喂，把過錯都推到別人身上不太好喔。妳是因為淪為階下囚，有一頓沒一頓的，肚子餓才會這麼暴躁吧？這是大家都愛吃的營養口糧喔，來，快吃吧。」

「別、別瞧不起我，誰會接受你的施捨…………唔，王八蛋！要給我的話就快點拿過來！混帳，我一定要殺了你！」

《惡行點數增加。惡行點數增加。》

將手伸長的海涅在幾乎要抓到營養口糧的位置不停抓撓。這時，杜瑟將手放上我肩頭，說道：

「在與葛瑞斯王國的長期征戰中，海涅殲滅了眾多兵力，我明白你對她恨之入骨的心情。但她也只是服從國家的命令而已，你就……」

不知為何，在杜瑟眼中，我的舉動像是在替犧牲的夥伴們復仇。

我只是覺得海涅無法出手的狀況正合我意，想趁這大好機會好好捉弄她而已……

「魔王陛下，這個男人只是在挖苦我罷了。他才不是這麼正經的傢伙。」

「……是嗎？」

杜瑟向我投以責難的視線，而我神情嚴肅地搖搖頭。

「不，這個海涅把我的同伴打得落花流水。我是在替那些逝去的夥伴們復仇。雪諾，把那根棍子給我。這是妳忘記投餌而不幸慘死的金魚的份！這是妳帶可羅丸散步時切斷牽繩，害牠離我而去的份！這是妳當面將和我變成好朋友的莫吉莫吉殺來吃的份！」

「住手，別再戳了！等等，我根本不知道你的金魚跟莫吉莫吉！可羅丸又是誰啊！」

《惡行點數增加。惡行點數增加。》

對海涅狂戳猛刺後，我感到心滿意足。到現在才問出一直懸在心上的事。

「所以，妳怎麼會被關到這種地方啊？」

「你一開始就該問這個問題吧！我因為引發國家滅亡危機而被定罪了！你那邊的上司不是炸毀了維持結界的高塔嗎！前任魔王米祿米祿陛下不知為何居然就在其中一座高塔裡！」

…………

『怎麼辦，愛麗絲，那個廢物上司闖下大禍啦！魔王會傳位居然是我們一手造成的！』

『冷靜點，六號。現在還不到慌張的時候。先確認前任魔王的生死。』

愛麗絲冷靜的言論讓我重新平復心情。

沒錯，對方可是魔王呢。不可能這麼容易就掛了吧……

「我的父親前任魔王，只留下一句『在敵人來襲前，我得去維修一下防衛系統』，就前往其中一座高塔了。過了一會兒高塔忽然爆炸，我趕赴現場，卻在爆炸中心點發現父親的屍骸——」

『沒救啦！我們是她的殺父仇人啊！』

『冷靜點，六號。這時候不能內疚，要惱羞成怒才行。海涅，把錯都推到海涅身上。畢竟我們有再三詢問海涅高塔附近有沒有人。』

我聽從愛麗絲的提議，狠狠批判海涅。

「喂，海涅，該死的傢伙！妳不是說高塔附近沒有任何人嗎！」

「我的確說了！因為除了魔王陛下以外，任何人都不得進入高塔附近啊！平常根本不會有人靠近嘛！米祿米祿陛下說的『維修』儀式也是一年才一次！誰知道就這麼剛好……」

可惡，還以為那個上司立下大功，結果卻留了個這麼棒的禮物。

魔王，你也不要像雨天還去巡田那樣跑到那種地方去啦！

「……啊，等一下！那蘿絲怎麼辦？是妳說魔王對合成獸跟設施瞭若指掌，我們才選擇停戰耶！我們來這裡根本毫無意義嘛！」

「對、對我說這些有什麼用！是你們殺了對合成獸瞭若指掌的米祿米祿陛下，就、就當作扯平吧……」

這傢伙膽子還真大。

不過我終於明白海涅被關進大牢的原因了。

「……那妳的下場又會如何？妳可是殺害魔王的共犯喔。我們還算是魔王軍的敵人，這樣反而像立下戰果了。但妳的所作所為卻是背叛呢。」

「咦？不、這、因為……」

沒錯，因為這傢伙說高塔附近沒有人，我們才會採取爆破作戰。

那她就是最根本的肇因。

聞言，杜瑟神情歉疚地對海涅說：

「海涅本來免不了一死，但她長期以魔王軍四天王的身分表現卓越，運氣好的話，或許會改判為從屬刑……」

「不、不是死刑就是從屬刑……怎、怎麼會……」

從海涅悲痛的反應來看，從屬刑應該算是重罰吧。

但就算痛失蘿絲的相關情報，我們的要求還不只如此。

跟這傢伙周旋了這麼久，如果現在伸出援手的話……

「喂，愛麗絲。除了打聽蘿絲的身世之外，我們對這些人還有另一個要求吧？」

「你是說『想停戰就要索取賠償金』這件事吧……也好，隨你處置。」

我跟愛麗絲再次確認後，她似乎察覺到我的意圖。

「魔王小姐、魔王小姐，把海涅讓給我們吧。這樣賠償金可以算妳便宜點。」

「等等！」

聽到這個提議，海涅發出驚呼。

她應該沒想到會被我這個敵人出手相救吧。

昨天的敵人就是今天的朋友。而且她的胸部如此豐滿傲人，我當然不能見死不救。

愛麗絲用打量的視線對海涅觀察一番後，也點頭說道：

「同意六號的請求吧。雖然不知道從屬刑是什麼，但既然你們不要，就讓給我們吧。我會用低薪好好壓榨她。」

「那就是從屬刑啦！等等，魔王陛下，我還能為您效力啊！」

我特地伸出援手，海涅怎麼淚眼汪汪的啊？

杜瑟用手抵著下顎，沉思了一會兒——

「……我明白了。就把海涅讓給你們吧。」

「魔王陛下啊啊啊啊啊啊！」

海涅抓著欄杆大聲哭喊，而雪諾指著她大笑出聲。

「哈哈哈哈哈哈，活該啦，炎之海涅！妳好不容易爬上四天王的地位，現在卻淪為奴隸，這副慘樣真是一掃我過去的鬱悶，而且還有剩呢！不僅如此，妳還變成那個六號的奴隸，下場肯定慘不忍睹！」

這傢伙居然說這種話。

「別說得好像我會虐待她似的。如果我不出手，海涅就會被處以極刑，或是被原本的下屬玷汙耶！她應該感謝我及時救援吧！」

「不，被判處從屬刑的人，會被視為國家的所有物，這樣反而更安全才是……」

聽到杜瑟的吐槽，海涅點頭如搗蒜，並看向一旁的獄警。

「就是說啊。你可能是想拯救我，但這麼做實在太雞婆了！再說，我的部下都對我仰慕有加，我怎麼可能被他們玷汙呢！喂，你說對不對！」

忽然被質問的半獸人獄警，頓時一陣困惑。

「咦？對、對啊？………那個，讓您洗澡時替我刷背，算是非分之想嗎？不！我沒有說一定要全裸上陣喔！全裸的只有我而已……」

「你、你這傢伙……」

海涅有點被嚇呆了，杜瑟則立刻低下頭說：

「六號先生，海涅就拜託你了。她非常優秀，未來定能為葛瑞斯王國盡一份力。」

「魔王陛下！我、我比較希望能在這個國家被處以從屬刑啊！」

看到海涅淚水盈眶的模樣，杜瑟露出一抹寂寥的苦笑，輕聲說了句「對不起」。
「我是說『運氣好的話』，妳會被判處從屬刑。如果鬧上軍事法庭，被處以極刑的可能性相當高。我當然不會讓妳獨自犧牲，我也會加入六號先生的陣營。」
「魔王陛下！」
聽到杜瑟的震撼宣言，海涅緊緊抓住牢房的鐵欄杆。
「您在想什麼啊，魔王陛下！別做傻事了。我先前已經再三告誡過您，那個男人有多麼危險和惡毒了吧！」
哦，當事人還在眼前呢，這臭婆娘真是吃了熊心豹子膽。
但魔王怎麼會自願投入我方陣營呢？
「就因為妳再三告誡過我。只要將我這個魔王送到這種人身邊，受戰爭連累的人們多少會痛快些吧。」
聽到她們把「送到我身邊」說得像刑罰一樣，還是讓我有點受傷。
「喂，妳們剛才說的那些話真是耐人尋味啊。被妳們這麼一說，我就得回應妳們的期望了……」
「啊！不、不對，我覺得你的本性非常善良喔！願意拯救我免於極刑之苦！我對你感激不盡，是、是真的！」

海涅似乎終於搞清楚狀況，但已經太遲了。

我一定要狠狠把她當成惡行點數的供給來源……！

「沒錯，你可以對我為所欲為。」

「魔王陛下——！」

聽到杜瑟豁達的發言，海涅不禁發出哀號。

「……呃，所以妳要接受停戰協議嗎？而在停戰期間，妳自願以人質身分到我們這裡來，我可以這樣解讀嗎？」

不，就算是我，也沒打算虐待人質喔？

被這樣挑明了直接說，我反而很難下手……

「不，我不接受停戰協議。」

……嗯？

「魔王軍已經再無戰力可言了。失去前任魔王和四天王的半數戰力，再繼續征戰的話，魔族會逐步走向滅亡吧。從這一刻起，魔王軍全面投誠於葛瑞斯王國及如月。然後……」

杜瑟一口氣說完後，變得有些欲言又止。接著……

「一切塵埃落定後，請葛瑞斯王國將我處決吧。」

她露出心意已決的眼神，用充滿魔王風範的威儀如此宣言道。

【中間報告】

前略，各位最高幹部，展信平安。

之前隔著螢幕視訊時，我看到送回地球的莉莉絲大人被五花大綁，不知她現在如何了？

在此報告本地的狀況。

魔王居然死了。

似乎是莉莉絲大人採取了爆破作戰才害他遭殃。

拜此所賜，新進戰鬥員蘿絲的身世之謎也陷入膠著。

為了負起責任，敵營其中一名幹部炎之海涅成了我們的奴隸。

本來應該由傳說中的勇者在冒險尾聲打敗的魔王，由於莉莉絲大人挖著鼻孔扔下的炸彈，變得像路人甲一樣。

因為莉莉絲大人，情況才變得這麼複雜，請務必對她進行嚴厲的制裁。

所以返回地球一事，似乎又得往後延一陣子了。

——附帶一提，多虧莉莉絲大人，女性成員又增加了。這一點我得向她致上謝意。

報告者　戰鬥員六號

第二章 基本上全是上司惹的禍

1

從魔王城返回基地後的隔天。

我和看似很閒的海涅一同來到鎮上的建築預定地。

「……該怎麼說，你們真的很離譜耶……」

看到忙著進行土木工程和建設的那群戰鬥員後，海涅從剛才就一直不敢置信。

除了輕巧、堅固又防火外，這種特殊建材連外行人都能進行組裝。拜此所賜，一棟棟建築陸續建造完成。

各種建設機械雖然令她無比驚嘆，但看到好幾部重型機械運送建材的場面後，海涅嚇得目瞪口呆，僵在原地。

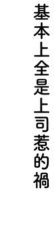

海涅這個反應讓工作中的戰鬥員都露出了莫名驕傲的神情。

嗯，我懂。我也想看這種反應。

用地球的現代科學在未開發星球的競爭對手眼前大開無雙。

我原本就想利用惡行點數做這種事。

原先計畫是在戰場上瘋狂肆虐，這樣才有邪惡組織戰鬥員的風格。但利用現代的重型機械建造外掛建築也是可行之道。

「這才是我們真正的實力。算妳運氣好，在我拿出真本事之前就終結了這場戰爭……」

聽到我深有所感的低語，海涅發出「咦」的一聲。

「第一次見到我時，你好像打得滿吃力的……」

「好，接下來帶妳看看住宅區。我可是這裡的老大，由我親自帶領參觀，妳的運氣真的不錯。對我拍幾句馬屁也不會吃虧喔。」

發現我忽略她的吐槽不談，海涅用可疑的目光盯著我說：

「我、我說，可以讓這裡的首領來接待我嗎？你應該很忙吧？讓別人帶我參觀也……」

「笨蛋，看看那群男人的淫猥視線吧。現在妳的立場就像奴隸！因為這裡最強最猛的我陪在妳身邊，才沒有人來招惹妳。給我搞清楚這一點！」

不知為何，工作中的戰鬥員紛紛用「你好意思說」的眼神看向這裡，可能是聽見我們的談話內容了。

「六號，你這混蛋，不准亂教新人！」

「因為你操縱重型機械的技術太爛，才會安排你帶她參觀！再說，這裡的老大是愛麗絲才對，實力最強的是虎男先生！」

「除了戰鬥之外一無是處的蠢貨，少在那邊囂張，王八蛋！」

這些嘴賤的戰鬥員還刻意停下手邊工作，對我破口大罵。

「少囉嗦。你們這些名字裡的數字都排到二位數的雜碎，我才是最厲害的前輩，給我放尊重點！而且你們的智商跟我半斤八兩啦，白痴！」

我馬上反唇相譏，結果這些小嘍囉就臉色大變。

隨後——

「喂，給我蓋這個大笨蛋布袋！這小子收了一堆女性部下，想玩後宮是吧！宰了他！」

「你去跟阿絲塔蒂大人曬恩愛不就得了！馬上滾回地球，去討那些幹部歡心啦！」

「只是資歷長了點，就想擺前輩架子，廢物！」

那些被嫉妒心沖昏頭的小嘍囉紛紛跳下重型機械，面紅耳赤地朝我飛撲而來。

我也握緊拳頭，得展現身為上司和前輩的威嚴才行——！

「正合我意，你們這群雜碎！我會把你們的門牙全部打飛，放馬過來啊！」

「別這樣，你們不是夥伴嗎？怎麼馬上就吵起來啊？居然比魔族還要血氣方剛，未免太奇怪了吧！」

——讓那些嘍囉戰鬥員知道誰才是老大後，我帶著海涅來到住宅區。

「喂，你真的不要緊嗎？我看你被打得很慘耶……」

「怎麼，這點程度在我們之間算是家常便飯啦。還有，『被打得很慘』這種說法，聽起來很像我打輸了一樣，請妳收回。」

有改造人的治癒能力，這點小傷很快就能痊癒。因此那些傢伙的攻擊對我一點用也沒有，不算我輸。

聽我這麼說，海涅卻用驚訝的表情看著我。

「你被蓋布袋痛打，還拚命道歉，怎麼看都是你輸啊……」

「那只是假裝投降而已，是一種戰略性的撤退手段。之後我只要在那些人落單時發動偷襲，以結果來說就算我贏。」

這明明是充滿知性的作戰計畫，海涅卻嚇得退避三舍。

我帶著神情複雜的海涅來到坐落於住宅區的宿舍，並打開大門——

「來，妳以後就住在這裡……咦？這不是魔王嗎？」

只見杜瑟出現在宿舍一樓的大廳角落，埋首於成山的文件當中。

2

——在魔王城的地下設施中。

聽到杜瑟希望被處決的發言後，牢裡的海涅低下了頭。

「咦咦……這孩子怎麼突然說這種話？不，妳現在姑且算是地位崇高的魔王吧？妳不在之後，魔族會群龍無首耶。」

這種類似自殺請願的話讓我嚇了一跳。聽我這麼說，杜瑟沒有變得自暴自棄，而是帶著沉穩的表情說：

「關於這件事，我已經命令侍女卡謬帶領魔族前往同盟國托利斯了。畢竟我們和那個國家已經達成了協議………但要是托利斯不肯接納我們，我對各位有一事相求。」

杜瑟換上掌權者的表情，直盯著我看。

「根據偵查員的情報，你們正在開拓魔之大森林，並在該處建造城鎮。你們需要勞動力嗎？雖然這話有些自私，但魔族領地已經無法栽培作物，也沒有水源了。如果能獲得最低限度的安全保障，他們應該會樂意幫助各位開墾。」

聽到這番意想不到的發言，我跟愛麗絲忍不住互看了一眼。

『怎麼辦，愛麗絲？她說要把魔族領地的居民送給我們耶。但我們之所以侵略開拓這顆行星，原本是為了讓地球人移居吧？』

『要經過更詳盡的調查，才能讓人類真正移居至此。畢竟也還沒查清楚這顆星球的病毒，要是讓人類大量移民，被未知的疾病一舉殲滅，那可就笑不出來了……但我們應該是魔王軍的頭號大敵。連前任魔王都被幹掉了，她為什麼還想投靠我們？這一點讓我有點在意。』

一直聽到日語，杜瑟應該也發現我們正在用自己的語言對話吧。

她沒有表現出任何不安的情緒，而是神情嚴肅地靜待我們談完。

「有件事我想問問魔王小姐。妳為什麼要投靠我們，而不是葛瑞斯王國？妳想想，我們把前任魔王做掉了耶？而且還是邪惡組織，總覺得不太好……」

「我認為父親的死無可奈何。畢竟是我們先發動侵略戰爭，我也沒有怨言。至於希望六號先生能接納我們的理由……是因為在你們的陣營，獸人也能獲得非常好的待遇。葛瑞斯王國將半獸人視為家畜，所以若能投靠六號先生……」

獸人是什麼意思？應該不是合成獸蘿絲吧？

……啊啊，她是在說虎男吧！

的確。比起人類，虎男的外觀或許比較像魔族。可是他是動過改造手術的怪人，不是獸人耶。

「……怎麼辦，愛麗絲？我是覺得接納也無所謂啦。」

以魅魔和吸血鬼為首，據說魔族是極具魅力的種族。

我還記得以前海涅對我說過的話。

之前她想把我挖角到魔王軍時對我說的那些話，我一直記在心上。

「我也覺得無所謂。畢竟現在人手不足。我們原本就是帶著有利條件來交涉停戰協議，既然他們要全面投靠我方陣營，這樣正好。再來就要談談給葛瑞斯王國的賠償金了……」

聽到我跟愛麗絲的對話，杜瑟露出如釋重負的表情。

「這座城裡只有殘存的些許寶物和這個神祕的設施。光憑這些應該不足以賠償吧。雖然用『頂替』一詞有些不妥，但我身為現任魔王，願意交出我的首級和身體。」

首級就不必了，至於身體嘛……

不對，不是這樣。這不是現在談論的重點。

「我剛才也說過了，若拿我以儆效尤，被害者心裡應該多少能舒坦一些。我當然知道這樣還是遠遠不夠。再者，雖然魔族領地是片寸草不生的荒地，但我願意全數奉上。所以，哪怕只有居民也好，能不能請各位救救他們……？」

她帶著死不足惜的堅定神情，直勾勾地盯著我說道。

怎麼辦，她的表情是認真的。

平常我都跟一些亂七八糟的瘋子打交道，很久沒遇到這麼認真的人了，不禁有些退縮。

雪諾現在也被杜瑟的氣勢震懾，默不吭聲。

至於蘿絲……可惡，這傢伙不知道在想什麼，居然隨便走進一間房，還在裡面睡午覺！

為什麼會在敵營睡覺啊，現在是什麼情況，真的太莫名其妙了！

就在我心神大亂時——

牢裡的海涅為了袒護杜瑟，扯開喉嚨大喊：

「我知道了！既然這樣還不夠賠，我的身體就任你為所欲為吧！所以……」

「說得太棒了！可能因為交手過太多次了，總覺得對方是海涅的話，就不會有什麼罪惡感呢。」

我立刻回應海涅氣勢洶洶的怒吼，結果她的臉頓時一片慘白。

「等、等一下，六號。我跟你的交情還不錯吧……你想想，我是魔王軍四天王之一，不這麼說的話成何體統啊……」

……就在此時，愛麗絲點頭如搗蒜地開口：

「不愧是同行的老大。畢竟自爆是惡棍的浪漫嘛，說得真好。」

妳怎麼會對剛才那番話感到敬佩啊？而且這跟自爆不太一樣吧？

愛麗絲似乎非常滿意，並用雀躍無比的語氣說：

「總之，回到基地後再思考怎麼處置妳吧。妳跟海涅就暫時留在我們這裡，我會去跟葛瑞斯王國交涉。如果妳們移轉到如月旗下，我一定會成功爭取到居民的性命保障。」

聽到愛麗絲自信滿滿的回覆，杜瑟鬆了一口氣。

那個表情彷彿終於放下心中大石，由衷地感到安心。

杜瑟的反應讓愛麗絲饒富興味地盯了一會兒。

「……那麼，歡迎加入祕密結社如月。兩位或許不會待太久，但請盡情享受吧。我們對魔王這種大惡棍竭誠歡迎。」

說完，她開心地揚起一抹笑——

3

昨天談完這些後，我們就帶著杜瑟跟海涅回到越野車上。結果看到格琳哭著敲打車窗，好像不知道如何打開車門。

格琳對我們埋怨連連，例如「醒來後不知道自己身在何處，嚇死我了」、「為什麼女性成員又增加了」等等。我們沿路聽著她的抱怨並返回基地——

「——嗨，魔王，一大早在這裡做什麼？」

帶著海涅前來的我開口喊了一聲，定睛凝視文件的杜瑟便抬起頭來。

「早安，六號先生。我問愛麗絲小姐，在處分定案之前有沒有事情可做，她就把這個工作交派給我……」

……也就是說，她因為閒著沒事做才主動找工作來做嗎？

關於杜瑟的處分，我們還在跟葛瑞斯王國協商。

由於這一切皆源自死去的前任魔王，所以我們提出不予追究的要求。但王國方面不肯就此息事寧人。

最糟的狀況是，王國說不定會要杜瑟的命，所以在這種狀況下其實不工作也無所謂。可能因為她的個性太認真了吧。

我瞄了文件一眼，想看看是什麼工作，但這是用這顆行星的語言寫的，我看不懂。

「……這些是什麼工作？」

「嗯，是送往建設預定地的材料分配、人員配置及日程表……」

我伸出手打斷杜瑟的話，暗示她不必再說下去了。

「原來如此，我明白了。遇到不懂的地方，要馬上找人問清楚喔？」

我端出前輩的架子這麼說，杜瑟就拿起文件。

「啊……那關於這個案子……」

「抱歉，魔王，我現在有點忙。妳去問別人吧。」

「你、你這傢伙……」

……海涅用傻眼的眼神看著我。這時，將資料放回原位的杜瑟小心翼翼地說：

「那個……六號先生。向葛瑞斯王國投降後，我就不再是魔王了。可以的話，希望你能直接喊我的名字……」

杜瑟抬眼看著我並這麼說道。但一旁海涅的視線卻讓我在意得不得了。

「你應該知道她是我的主人，也是前魔王陛下吧。絕對不准直呼她的名諱……」

海涅小聲地不停碎唸。既然不能直呼姓名……

「那就叫妳小瑟吧。」

「我要揍飛你喔。」

聽到海涅一臉嚴肅地吐槽，當事人輕輕笑了起來，彷彿毫不在意。

「杜瑟大人，您現在雖然是戰俘，但該生氣時就要生氣喔？否則這小子會得意忘形。」

「沒事，他怎麼稱呼我都無所謂。別說這些了，海涅負責什麼工作？」

小瑟的面容沉穩，跟急躁的海涅正好相反。

「小瑟，愛麗絲雖然讓這傢伙試了很多工作，但她除了戰鬥之外根本一無是處……」

「你、你……！你不也是只會戰鬥而已嗎！不、不是這樣的，杜瑟大人。我雖然想幫忙建設，但這裡的工具很奇怪啊……！」

正當海涅拚命找藉口開脫之際——

忽然傳來了輪椅發出的嘰嘎聲。

不久後，宿舍大門微微開啟，一道凝滯的視線從門縫間窺向此處……

——在演恐怖片喔。

「喂，格琳，這樣很可怕耶，妳就進來吧。不然我就往門縫裡撒鹽喔。」

可能不想被人往眼裡撒鹽吧，格琳連忙打開門，一臉賭氣地現身。

「……原本是敵人的女人，還有昨天才見面的女人，你倒是跟她們玩得很開心嘛。受不了，都是因為隊長對女人太好了……！」

格琳說著這種煩人的話，推動輪椅來到海涅身邊後，露出一抹狂妄的笑容。

「好久不見，魔王軍四天王炎之海涅。沒想到原本是敵人的妳，居然被收編為隊長的情婦……」

「等一下，妳剛剛說的那句話我可不能置若罔聞！」

看到海涅太陽穴爆出青筋的模樣，格琳似乎有些膽怯地往後退了幾步。

……但發現海涅身上沒有魔導石後，她又搬出強硬的態度。

「怎樣，妳現在沒辦法發揮原本的力量，我才不怕妳呢！居然趁我被封印在越野車裡的時候拐騙隊長，妳這該死的狐狸精！」

「我第一次看到真的把『狐狸精』三個字說出來的人！我哪有拐騙他啊，我是被迫納入你們陣營耶！」

兩人像正宮和小三一樣大吵起來。我把她們扔在一邊，對杜瑟喊道：

「小瑟、小瑟，她們在這裡吵個沒完，我們去外面玩吧。」

「咦……可、可是，我還有很多文書工作……」

本來在處分定案之前，杜瑟可以不必做任何事。但可能因為她本性耿直，所以她很在意工作進度，顯得不太情願。

「等等！隊長，你剛才說什麼，我聽到你喊她『小瑟』耶！你們的關係什麼時候好到可以這樣稱呼了！」

「關於這一點，詛咒女說得沒錯！不准這麼親暱地稱呼杜瑟大人！」

聞言，杜瑟露出苦笑，格琳則氣得鼓起臉頰。

「我們的交情比較長，所以你也要喊我『琳琳』！」

「……拜託不要強人所難啦。而且妳的年紀也不適合這種叫法了。」

格琳拿出人偶，一副要下咒的樣子。我連忙拿海涅當擋箭牌。

「夠了沒啊，情侶要吵架就去外面吵，為什麼要把我扯進來！」

我從亟欲掙脫的海涅身後牢牢抱住她。見狀，格琳的怒火燒得更猛烈了。

「居然當著我的面打情罵俏，妳這狐狸精！」

「這看起來怎麼會像打情罵俏啊，妳腦子有問題嗎！」

就在此時。

「那個，妳是……格琳小姐吧。抱歉，海涅給妳添麻煩了。要詛咒的話，就降在我身上吧。我會連她的份一併接受。」

「咦？」

杜瑟挺身而出保護海涅，一副要犧牲自我的樣子。

她對發出驚呼的格琳深深一鞠躬。

「不用說我也明白。海涅殺害了許多葛瑞斯士兵，妳一定對她懷恨在心，所以從剛才就一直挑釁她，對吧？請將那些亡者的悔恨發洩在我身上吧。」

「杜瑟大人，這個詛咒女大概沒想那麼多，只是為了更無聊的理由而已。」

看到杜瑟神情嚴肅地這麼說，格琳反而感到困惑。

「隊長，她不是魔王嗎？怎麼有種我才是大壞蛋的感覺？」

「妳一直單方面找碴啊。除了妳之外，我覺得現場沒有其他壞人了。」

聽到我的吐槽，頓時心生動搖的格琳對杜瑟露出溫柔的笑靨。

「其實我真的是為了在戰場上犧牲的夥伴們，才打算來報一箭之仇，但這些事就算了吧。總對在訓練場正中央熟睡的我投以火熱視線的蘭基斯……說著『睡在這種地方會妨礙訓練』，溫柔地幫我推輪椅，感覺就是對我有意思的歐茲……不小心踩到我掉的手帕，彷彿絕對不肯錯過這次邂逅的機緣，哭著哀求『我會洗乾淨還給妳，拜託不要詛咒我』的傑德……呵呵，本來可以跟我有好結果的這些男人，都先走一步了……」

「真、真的非常抱……」

「只是跟男人對上眼，就嚷嚷著那個人對妳有意思。這樣真的很煩人，拜託妳別再花痴了。我走在妳旁邊都覺得丟臉。」

聽到格琳的獨白，杜瑟本來想低頭道歉，被我及時阻止。而海涅向我問道：

「喂，你的隊員都是這種蠢貨嗎？一直以來我都認真應戰耶，把你視為對手的我又算什麼啊……」

我、我們應戰的態度也算很認真啊……！

——現在時間是早上十點多。

扔下一句「我要睡到傍晚」後，格琳就打道回府了。目送格琳離去後，我跟海涅繼續監督杜瑟的工作狀況。與此同時，愛麗絲抱著一疊資料走過來。

「……我又帶了些工作給杜瑟。你們在這裡做什麼？」

看到我跟海涅，愛麗絲拋出疑問。

「身為這個基地的老大，我在視察小瑟的工作狀況。」

「我在監督六號會不會對杜瑟大人亂來。」

「所以就是在妨礙她工作吧。杜瑟是個人才，跟你們不一樣。六號，這是莉莉絲大人忘了帶走的遊戲機，給你，去那邊玩吧。」

我接下愛麗絲給的掌上型遊戲機後，就往沙發上一倒。

「哈，居然被年紀小的孩子罵！既然嘗到教訓了，就別再來搗亂。杜瑟大人受過魔王的英才教育，跟我們倆不一樣。所以她完全具備城鎮首長的實力！」

不知為何，海涅像在炫耀自己似的挺胸說道。愛麗絲對她說：

「怎麼說得一副置身事外的樣子，妳也會妨礙她工作。跟我來吧，妳的工作地點已經決定了。」

「咦？等、等一下，我跟杜瑟大人一起工作就好了……！是說，放她跟這個男人獨處很危險吧！」

海涅來回看了看我和杜瑟，說出這種失禮的話。

「別看我這樣，我很有紳士風度好嗎？我非常理智，對方真的不願意的話，我也只會點到為止。」

「就說了不准對她出手！吶，愛麗絲，我的工作到底是什麼？不能當杜瑟大人的助手嗎？」

海涅死纏著不肯罷休，堅決不肯離開現場。

「哎呀，別擔心。這個工作很重要，能充分活用妳的特性。職場舒適如家，值得一試。」

「我的特性是什麼呀！我知道了，妳想逼我做色色的事對吧？就像六號常對我做的那樣！喂，每次見到你們，我就得淪落到這種下場嗎！」

聽到海涅泣不成聲的哀號，我也開始在意愛麗絲要把她分派到什麼崗位了。

「妳能接受的話，讓妳負責這種差事也無所謂。但我們家的戰鬥員都很沒用，如果女孩子真的不願意，他們就沒辦法出手。在我們這裡，只是性騷擾還情有可原，但犯下強姦罪就要接受制裁。組織裡應該沒有罔顧規矩仍執意要犯罪的人。」

「真、真的？真的嗎？我真的可以相信妳嗎？」

海涅再三詢問，似乎從這番話中窺見了一絲希望。

比起讓海涅出賣肉體，愛麗絲應該會更有效率地利用她的能力。

吵吵鬧鬧的海涅被愛麗絲帶走後，宿舍大廳就只剩杜瑟翻看資料、振筆疾書的聲音了。

為了不打擾她工作，我將愛麗絲給的遊戲機打開——

「——不對，那條路已經探索過了，應該無路可走了！啊啊！魔獸從後面追過來了！」

「因為只剩這條路而已啊！是不是來的路上有被動過手腳啊！可惡，魔獸很礙事耶！」

莉莉絲玩的遊戲難度頗高，我死了好幾次，就去拜託杜瑟幫忙……

「六號先生，剛剛雖然一閃而過，但我看到火把旁邊有個紅色按鈕！」

杜瑟在我旁邊盯著小螢幕，指著火把說道。

「啊！真的耶。真有妳的，小瑟！……我按……！喂，死掉了啦，這是地洞的觸發開關！小瑟！妳這傢伙！」

「對對、對不起，真的很抱歉！剛剛是我失策了，請讓我負起責任！」

只是在遊戲裡丟了小命而已，小瑟就表現出破釜沉舟的樣子。

「妳在說什麼啊，小瑟。我們不是一路奮戰至此的戰友嗎？一個小小失誤而已，別把負責這句話掛在嘴邊……！」

「六號先生……是呀。現在就專心思考如何通關吧！」

說著說著，主角就耗盡生命，重新復活了。

這次我跟杜瑟一定要跨越這個難關……！

「……我說啊，抱歉在你們玩得正嗨的時候打擾，遊戲告一段落後，也思考一下如何完成工作吧。」

忽然間，傳來了愛麗絲直至目前為止最傻眼的聲音。

只見仿生機器人抱著一疊新的文件站在那裡，不知道什麼時候進來的。

「…………………唔唔！」

「小瑟，就算把臉遮住，也沒辦法泯滅這個事實啦，小瑟。放棄掙扎，把這一關玩完吧，小瑟。」

杜瑟似乎對不知不覺沉迷於遊戲的自己感到羞愧，滿臉通紅地用雙手遮住臉蛋。

再拚一會兒應該就能過關了，但杜瑟已經成了一個廢人，毫無用武之地。

沒辦法，就靠自己的力量破關吧——！

4

海涅跟杜瑟來到基地後，又過了幾天。

可能是因為杜瑟的文書處理能力很強，愛麗絲甚至還給她一間專用的辦公室。今天她也在認真工作中。

「小瑟，遊戲裡出現一個謎題：上面大火災，下面大洪水，請描述此為何物。妳知道這是什麼嗎？」

我則是散漫地倒在沙發上，因為遊戲裡出現的謎題卡關中。

當初我雖然說要憑一己之力破關，但早早認清自己「辦不到就是辦不到」且盡快放棄，也是人類很重要的課題。

在文件上振筆疾書的杜瑟抬起頭來。

「是不是棲息在遙遠西方島國上的業炎海獸，帕爾帕爾九頭蛇呢？雖然這種巨大魔獸的頭上有個熊熊燃燒的頭冠，但為了冷卻身體的熱度，似乎都會把下半身沉在海裡。」

「小瑟真是博學多聞。」

我在遊戲畫面的文字欄中，輸入「業炎海獸帕爾帕爾九頭蛇」。

『答錯了，蠢貨。降下天罰！』

遊戲畫面中出現這句話後，我操控的主角就被大量魔獸襲擊。

「小瑟！小瑟！」

「對不起！答錯了嗎？真的很抱歉！那就剩下灼冰合神——岩漿里昂了吧。據說牠能隨心所欲地操縱岩漿，還能吐出凍結萬物的冰霜氣息。是某個部族崇拜的亞神呢。」

我照她的話輸入答案後，畫面中的主角又被魔獸攻擊了。

『蠢貨，每次都猜不中，快滾吧！』

「這也不對啦，小瑟！」

主角淪為魔獸的餌食後，就切換到GAME OVER的畫面了。

「真的很抱歉，對不起、對不起！我會用身體負起全責……！」

「不要隨隨便便就交出自己的身體啦，小瑟。我也是男人，會忍不住多想耶。」

就在此時——

辦公室的門被敲響，蘿絲從門後探出頭來。

「隊長在嗎？愛麗絲小姐說隊長在妨礙杜瑟小姐工作，叫我過來陪你玩，我才來的。」

「哦？我沒有在妨礙她啊。只是遊戲裡剛好出現謎題，請她幫個忙而已。」

「這完全就是干擾啊。」

我躺臥的沙發還有一點空隙，蘿絲便一躍而上，並拿起存放在辦公室的零食開始狂吃。沒用的飯桶增加成兩個人，完全沒按照愛麗絲的計畫走。

「妳是來陪我玩的吧？可以吃零食嗎？」

「雖然不知道怎麼回事，但待在杜瑟小姐的房間裡，讓我覺得莫名平靜耶。感覺可以好好放鬆，也可以放心睡個好覺。」

雖然這不能成為荒廢工作大吃零食的理由，不過這麼說來，這傢伙在魔王城也在睡覺。打聽過後，我才知道前任魔王曾在蘿絲呼呼大睡的那間房沒日沒夜地做研究。

難道這孩子跟流著魔王血脈的魔族有什麼關聯嗎……

「隊長，怎麼一直盯著我看？這包餅乾才不給你呢。因為愛麗絲小姐一天只給我一包而已，這是規定。」

我實在無法想像這個廢物合成獸會跟魔王有關係。

「我本來沒有很想吃，但看妳這種反應，我就想搶過來了。喂，把餅乾給我！敢抵抗的話，妳會倒大楣喔！」

「怎麼，要跟我打一場嗎？唯有食物我堅決不讓。可能是最近在森林裡常吃莫吉莫吉的關係，感覺我的剪刀連岩石都能夾碎呢。」

蘿絲小心翼翼地將零食放在沙發上，讓食指和中指不斷開闔，藉此威脅我。

是不是因為最近都沒碰上正規的戰鬥，這個新人就開始瞧不起人了？

「好吧，跟妳在沙漠交手之後就沒打過了。當時我在釀下大禍前及時停手，但這次我不會手下留情，一定會拚盡全力。」

「對不起，這包餅乾還是給你吧，你能不能打消念頭？有種超級不祥的預感……對了，雖然我問過很多次，但你當時到底對我做了什麼？」

「可以的話，能請兩位到外面解決嗎？這樣我才能集中精神工作……」

——看到杜瑟一臉歉疚的模樣，我跟蘿絲認為繼續鬧下去會妨礙她工作便暫時休戰，坐在沙發上吃零食。

我們在沙發上並肩而坐的模樣讓杜瑟輕聲笑了起來。

「兩位這樣好像兄妹呢。」

聽杜瑟這麼說，我們互看了一眼。

「我比較想要更有女人味、可愛又會對我撒嬌的妹妹。」

「我也想要會每天給我零食又寵愛我的哥哥。」

正當我們準備打破前一秒才締結的休戰協議時，我忽然發現一件事。

「對了，小瑟來這裡也有段時間了，跟葛瑞斯王國的交涉卻完全沒有後續消息。再怎麼說也太慢了吧。」

雖然把交涉工作全部丟給愛麗絲，但黑心公主緹莉絲是不是很難應付啊？

這時，蘿絲將零食塞得滿嘴並說道：

「尼梅聽縮嗎？……唔咕。知道我們讓敵對已久的魔族住在離葛瑞斯王國那麼近的地方……緹莉絲殿下有點為難。」

若以日本人的認知思考，我會覺得這些魔族是戰爭受害者，處境非常可憐，希望王國能接納他們。但現在長期置身戰場，我也能明白緹莉絲堅持的理由。

畢竟這場戰爭持續太久了。

這場讓男丁減少，甚至連女性騎士都變得稀鬆平常的長期抗戰，在兩者之間造成了相當巨大的鴻溝。

雙方一心只想殲滅彼此，某天我們卻忽然出現，表示會收編這些敵對者，請求王國與之和平相處，他們自然不肯同意。

這個國家的人已經被逼上絕境，甚至要依賴「勇者總有一天會現身並且會打敗魔王」這種傳說了。

對領土化為沙漠的魔族來說，如今莉莉絲消滅巨型蜥蜴，得以開拓魔之大森林一事，簡直是從天而降的幸運吧。

但由於魔王軍幾乎都將錢揮霍殆盡，葛瑞斯王國根本要不到賠償金。對他們而言，可一點都不值得高興。

「也對，事到如今才要他們和長期抗戰的宿敵和平相處……如果魔王軍的同盟國托利斯願意接受魔族，一切就解決了。」

「魔族能居住的土地也越來越少，能理解他們為什麼決心一戰。要是沒飯吃，我也不確定自己能不能忍。」

這傢伙真的餓肚子的話，甚至會想把我吞下肚。所以她說這種話特別有說服力。

——就在此時。

《所有戰鬥員盡速至基地前集合！別忘了帶武器。巨大魔獸發動襲擊了，馬上趕來！》

裝設於基地內的揚聲器中傳來了愛麗絲的聲音。她從來沒這麼著急過。

聽到突如其來的廣播，蘿絲被塞滿嘴的零食噎著了。我則立刻奔出辦公室，回房裡拿起R鋸劍並衝出基地——

5

來到基地外，一隻巨大地鼠映入眼簾。

「這、這什麼鬼啊！」

我忍不住大吼出聲，但我好像看過那隻地鼠。

那是之前在沙漠中現身的巨大地鼠，名為砂之王。

一旁有個超大的洞穴，可見牠是鑽出地面現身的吧。

坐在建築機械裡的戰鬥員早已將砂之王團團包圍，與之對峙。

「哦，六號，你來啦。既然帶著R鋸劍過來，你就用那把武器應戰吧。其他人用子彈攻擊過，但一點用也沒有。」

同樣坐在建築機械上的愛麗絲一看到我，就立刻下達指令，但我實在不太想跟那個大塊頭直接肉搏。

「愛麗絲，別靠重型機械，駕駛毀滅者跟牠一決勝負啊！不是已經修好了嗎？毀滅者應該可以對抗地鼠吧！」

「大胃王毀滅者閣下正在發電廠內休息。雖然飛機用的航空煤油和電力都能啟動毀滅者閣下，但要傳送煤油得花費不少惡行點數。在開闢森林工程中，毀滅者閣下被操得很慘，所以正在替它充電。」

毀滅者閣下明明是這種緊急時刻最可靠的夥伴耶！

被眾人包圍的砂之王用鼻子嗅了嗅，並用兩隻後腳直起身子。

我本來就覺得牠的體型很龐大，但像這樣站在我面前，那種壓迫感實在不容小覷。

要是我隨便接近牠，應該會被踩得稀巴爛吧。

就在我心生膽怯之際——

「吼啊啊啊啊啊啊啊啊啊啊啊啊啊啊啊！」

森林深處傳來一陣似曾相識的狂嚎。

原來是如月之光，怪人蘿莉男，不對，虎男往這裡直奔而來。

聽見這道帶有凶猛魄力的嚎叫，砂之王也被虎男吸引了注意。

對了，虎男之前說過他被砂之王攻擊。他是用什麼方法掙脫那隻地鼠的魔爪？

算了，現在先把這件事擱在一邊——

「虎男先生，快上啊！我只是個實力遠不及怪人的戰鬥員，會待在角落替你掩護！」

「你明明就只會戰鬥而已，說什麼鬼話啊。跟我一起上啦喵！」

衝進基地的虎男來到我身邊，對我大聲咆哮威嚇。

砂之王的注意力全都在虎男身上耶，是我多心了嗎？

「虎男先生，你上次不是有逃出牠的魔爪嗎？地鼠好像對你格外在意呢。」

「因為上次我拿出怪人的全力痛扁牠一頓，所以牠才會對我提高戒心喵。」

不愧是怪人，腦子真的有病。

居然直接對這麼龐大的生物正面揮拳。

「這次有很多人駕駛建築機械，就交給他們處理吧。槍砲似乎也不管用。」

我不想做這麼危險的事，把現場丟給其他人吧。

「好，我跟你去引開牠的注意喵。牠衝過來的那一瞬間，機械組就從旁壓制喵。」

「真的假的。」

可惡，真是自找麻煩。

我跟虎男逐步逼近。不知為何，砂之王的嘴巴開始咀嚼起來——

我湧起一股不祥的預感，立刻跳了出去。

隨著「砰」一聲巨響，砂之王噴出了某個物體。

我往旁邊跳開的瞬間，我剛才的所在位置就飛過一個人頭大小的礦石。

等等，被那個東西砸到頭，絕對會死翹翹吧！

「虎男先生，那傢伙用遠距攻擊耶！」

「我們這邊的槍派不上用場，如你所見，牠在遠距離也能發動攻擊。這樣只能利用建築機械，靠蠻力強行制伏了。」

我們向彼此大聲嘶吼時，砂之王又動了動鼻子。

這麼說來，先前碰上砂之王時，愛麗絲曾經說過：

地鼠的視力有多差，對聲音和氣味就有多敏感。

「虎男先生，我現在沒辦法動用惡行點數，想請你幫忙傳送東西過來。」

「……B型鎮暴裝備嗎？啊啊。因為地鼠嗅覺很靈敏吧。好，包在我身上喵。」

當砂之王準備進行第二次遠距攻擊時，機械組的其中一人狠狠撞上牠的側腹。

其他人也配合時機，陸續發動攻擊——

「六號，鎮暴裝備來了喵！我的投擲技術不太好，會受到手上的爪子影響，所以交給你了喵！」

「呀呼，吃我這一招！喝啊啊啊啊啊！」

我把鎮暴裝置——強化催淚彈扔出去後，分毫不差地砸中了砂之王的鼻子。

命中目標的同時，鎮暴裝備釋放出強烈的臭氣，似乎讓嗅覺靈敏的砂之王無力招架……

「嗚啊啊啊啊啊啊啊啊啊！六號，你在幹嘛！」

「大笨蛋！先想辦法壓制那傢伙！」

「還沒蓋好的建築都被砸爛了！」

砂之王因為猛烈的臭氣而失控，將壓住自己的建築機械全數掃開，破壞周邊的建築並滿地打滾。

「惡行點數還有剩的人，快把鯨魚叉送過來！用大量魚叉攻擊，再用重物固定繩索！」

所謂的鯨魚叉，就是尾端裝了強韌繩索的捕鯨用魚叉。

或許是判斷建築機械已無法控制場面，愛麗絲立即下達指示，但瘋狂肆虐的砂之王仍不停發出怒號……

最後牠跳進自己鑽出的洞穴，彷彿要用大量泥沙掩蓋似的將後方的土挖開，一轉眼就消失無蹤了——

6

「隊長，你還好嗎！是什麼東西打過來了？」

「妳太慢了，蘿絲！是地鼠！那個叫砂之王的傢伙攻擊了基地！」

砂之王消失後，原本在辦公室裡的蘿絲和杜瑟出現了。

看到住宅區域內留下的巨大洞穴，兩人倒吸了一口氣。

「抱歉來晚了，六號先生。因為蘿絲小姐被零食噎到，差點就沒命了……」

「呃，小瑟妳是客人，反而該留在安全的地方……妳是戰鬥員耶？我們這些挺身而戰的人毫髮無傷，為什麼姍姍來遲的妳卻差點沒命啊？」

「我學到了一件事。零食會讓嘴巴變乾，吃太快就會噎到。」

蘿絲從「傻孩子」成長為「有點傻的孩子」了。在我們對話的期間，機械被掃翻的那些戰鬥員們聚集過來。

「喂，你這白痴在想什麼啊，怎麼能對那種巨大生物丟出B型裝備！」

「這個白痴成天端前輩的架子，別扯我們後腿啦！」

「你要負起全責，一個人把被破壞的所有建築修復完成！聽見沒有，白痴！」

「開口白痴閉口白痴，煩不煩啊！你們這些人全是連九九乘法都算不出來的白痴！蘿絲，妳太晚才來，所以也要一起幫忙！去收拾瓦礫堆！」

「遵、遵命！對不起，我來晚了！」

我開始清理瓦礫，但不知為何，連杜瑟都在一旁幫忙。

「妳在幹嘛啊，小瑟？這裡交給我跟蘿絲，妳回辦公室吧。而且除了我之外，這裡的男人都是些不正經的傢伙，太危險了，趕快回去吧。」

「「「「啥！」」」」

這些不三不四的傢伙氣得火冒三丈，杜瑟卻搖了搖頭。

「不，文書工作已經做完了，讓我幫點忙吧。別說這些了，各位真的都毫髮無傷嗎？別看我這樣，我會一點簡單的治癒魔法，所以就算只是小傷也無妨，請儘管開口吧。」

「「「「魔法！」」」」

這些不正經的傢伙原本只在乎要如何制裁我，現在注意力全移轉到魔法上頭了。

「你們是怎樣？魔法這種東西，跟魔王軍交戰的時候早就看到不想看了吧？……唉，真是的。所以我才覺得剛派駐至此就亢奮成這樣的戰鬥員不中用……好痛！」

我對魔法早有一定的認知，在這些不正經的傢伙面前表現出洋洋得意的樣子，結果被痛扁一頓。

「妳叫杜瑟嗎？請妳馬上治好這個蠢蛋，讓我們見識見識。」

「喂，你這王八蛋好大的膽子。是要她治好我被你們扁過的臉頰嗎？你說我是蠢蛋，應該不是要她治好我的頭腦吧！」

我跟他們吵了起來。這時，杜瑟將手輕輕撫上我的臉頰，開始詠唱魔法。

「以時間女神的名義，將你的傷勢恢復原狀吧！」

被毆打而紅腫的臉頰立刻如時光倒流般痊癒了。

「「「「哦哦哦哦哦哦哦！」」」」

「幹嘛這麼開心啊，我又不是供人觀賞的小丑！」

當所有人都因杜瑟的魔法深受感動時，將非科學現象當成殺父仇人般恨之入骨的仿生機器人走了過來。

「剛才那是看似魔法的超科學現象。就算妳騙得了那群蠢蛋，也瞞不過我這雙晶體透鏡打造的眼睛。」

「妳平常雖然很可靠，但妳現在的眼睛就跟玻璃珠沒兩樣。」

至今仍堅決不肯相信魔法的愛麗絲說：

「喂，六號，抓一個戰鬥員出來揍他一拳。」

「包在我身上。」

「好痛！可惡，六號，你居然敢揍我！……哦？」

我往剛才揍我的那個戰鬥員臉上扁了一拳後，愛麗絲便將手輕輕撫上他腫脹的臉頰。

「……雖然知道妳是仿生機器人，但被女孩子摸臉的感覺真不錯……痛痛痛痛痛！愛麗絲，妳在幹嘛！」

愛麗絲揪著戰鬥員的臉頰，對動彈不得的他刺下針筒。

被針筒注射的臉頰轉眼間就痊癒了。

「我注入了治療用的奈米機器。你看，科學力量也能製造同樣的效果吧？」

「別把妳對超自然現象的對抗意識實驗在我身上！」

愛麗絲和那個戰鬥員扭打起來。其他人將他們扔在一邊，將杜瑟團團圍住。

「杜瑟小姐，妳剛剛說了『時間女神』之類的話，是不是可以回溯時間治療傷口？那也能把壞掉的物品修好嗎？可以的話，能幫我修復被六號弄壞的模型嗎？」

「啊？還可以修復物品嗎？那請把娛樂室那台遊戲機修好吧。六號在對戰中一路狂輸，一氣之下就打壞了……」

當那些戰鬥員紛紛向杜瑟提出要求時，原本對魔法毫無興趣，笑瞇瞇地幫蘿絲做事的虎男突然停下動作。

他用嚴肅至極的表情問：

「杜瑟小姐。能用那個魔法將我變回小學生嗎？」

「對、對不起……用我身上的魔導石，光是讓身體一部分變回幾秒前的狀態，就耗盡心神了……」

虎男先生說了句「是嗎……」並遙望遠方。這似乎是他發自內心的宿願，甚至還忘記在語尾加上喵字。

「抱歉，小瑟，從剛才就一直麻煩妳。我說得沒錯吧，這裡全是些不正經的傢伙。這裡沒妳的事了，回房去吧。在場的人全是野獸，搞不好會對妳惡作劇呢。」

聽到我這句話，戰鬥員全都氣得咬緊牙關，杜瑟卻連忙搖頭。

「不，那個……別顧慮我了，有件事我想問問各位。剛才聽你們說砂之王現身，難道各位已經逼退大森林的霸主『森之王』了嗎？」

……森之王是什麼啊？

感覺好像在那裡聽過這個詞，我有打敗過那種東西嗎？

此時，一名戰鬥員喃喃說道：

「是莉莉絲大人前陣子打倒的那個超大機械蜥蜴嗎？我記得那隻蜥蜴就叫這個名字。」

啊啊，對喔，原來是看守神祕設施的那個啊！原來還有這號魔物。

「原來是這樣……聽到各位開始開闢森林時，我就心想你們是不是找到對抗森之王的手段了。這樣啊……真傷腦筋……」

杜瑟不知在想些什麼，一直喃喃自語。

聽到這句話，總覺得無法置身事外。

「小瑟，那隻蜥蜴有什麼問題嗎？不能打倒牠嗎？」

「呃，不、不是這樣……」

杜瑟露出有些難以啟齒，卻又不得不說的表情。

「……砂之王會出現於此，大概是因為森之王被打倒了。」

…………

「森之王和砂之王本來就交惡，時常互爭地盤。後來森之王占領了葛瑞斯王國和周邊的魔之大森林，砂之王則以魔族領地為地盤展開活動。」

杜瑟這句話讓戰鬥員都變得鴉雀無聲。

若此話當真，有件事就非問不可了。

「吶，小瑟。妳認為森之王消失後，那隻地鼠還會再打過來是嗎？……特別是葛瑞斯王國的城下町。」

「很、很有可能……」

……蘿絲手腳俐落地收拾瓦礫，虎男則用溫暖的視線看著蘿絲，一邊幫忙收拾。

現場只有兩人發出的聲響。直到剛才還在跟戰鬥員扭打的愛麗絲，不知何時已經將他壓制在地，並開口說道：

「喂，六號，呈上報告書吧。把這件事一字不漏地告訴阿絲塔蒂大人和彼列大人。別忘了附上在場所有人提出的制裁請願書。」

【中間報告】

各位最高幹部，近來日子可好？

請再次將搞出一堆烏龍的莉莉絲大人五花大綁。

上次虎男先生的部隊忽然被巨大地鼠「砂之王」攻擊的原因已經查清楚了。罪魁禍首就是莉莉絲大人。

因為她隨隨便便就打倒了被稱為「森之王」的巨大蜥蜴，兩者互相牽制的勢力平衡似乎就此瓦解了。

再這樣下去，甚至連葛瑞斯王國都極有可能被砂之王侵襲。

對了，前幾天基地也被砂之王攻擊了。

由於事態相當緊急，我們被迫暫時中斷魔王軍與葛瑞斯王國的交涉案，以及蘿絲的身世調查工作，採取擊退砂之王的作戰計畫。

因此，派遣當地的戰鬥員們及怪人，都希望能對惹出這起禍端的莉莉絲大人降下制裁。

——另外請轉告她：如果還有點愧疚之心，就多送一些掌上機遊戲過來。

報告者　戰鬥員六號

第三章 興趣是遊戲解謎

1

此時周遭都被夕陽染紅了。

杜瑟在辦公室默默地奮力工作，而我躺在一旁的沙發上玩掌機。

原以為今天也一如往常，差不多要迎來尾聲時……

「……哦，愛麗絲真的說到這個份上？這城鎮的預算分配在某種程度上由妳說了算？」

「是、是的。因為從頭擬定太麻煩了，所以由我提出草案，再讓愛麗絲小姐修正……請、請問，有什麼問題嗎……？」

現在有四個人在杜瑟的辦公室裡。

以我和杜瑟為首，還有從剛才就一手拿著資料，像小姑般挑三揀四的格琳。以及不知為何蜷著身子睡在杜瑟腳邊，像隻黏人小狗般的蘿絲。

「這件事本身沒有問題，但這部分是怎麼回事？撥給育幼設施的預算太多了吧。能說說理由是什麼嗎？」

「那、那個……因為孩子是國家的棟梁，在育兒方面先行整頓也不會有損失……畢竟這個城鎮尚無人移住，培育孩子成為未來的人力也至關重要。」

聽到杜瑟心驚膽顫的回答，格琳將文件狠狠摔在桌上。

她伸出食指，指著渾身一顫的杜瑟說：

「那沒有小孩的家庭該怎麼辦！單身女子該怎麼辦！重視孩子的教育固然是好事，但妳會從我繳納的稅金提撥一部分給育兒預算吧！絕對不行！為什麼要用我這個單身女子的錢，去補助那些幸福之人的孩子呢！我才不要，打死也不要！既然如此，就連婚友社也一併補助啊啊啊！」

單身女子發自靈魂的控訴讓杜瑟戒慎恐懼地回答：

「我、我認為現在的葛瑞斯王國和這座城鎮不需要婚友社……據愛麗絲小姐說，和魔王軍這一戰落幕，回歸和平後，糧食和工作機會將一口氣飆升，景氣蒸蒸日上，或許會引發空前絕後的嬰兒潮。如此一來，與其強迫國民結婚，將預算用來補助早已成家的人比較有效率……」

「妳說什麼啊啊啊啊啊啊啊啊！」

感覺下一秒就要哭出來的格琳開始大聲嚷嚷。這時，正在玩掌機的我碰上了難關。

「小瑟、小瑟，可以過來一下嗎？遊戲裡出現了解謎要素，想請妳幫個忙。」

「啊……我知道了。這次的謎題是什麼呢？」

從前陣子一直玩到現在的這款遊戲，是主角勇闖地下城，解開無數謎團並打倒地下城主，獲得寶藏的單純遊戲。

基本上算是動作遊戲，但時不時出現的謎題總讓我吃盡苦頭。

雖然問愛麗絲就能馬上解決，但感覺那傢伙甚至會開始解析遊戲數據，將劇情徹底解讀完畢，害我直接被劇透，所以我不想找她幫忙。

我早就在其他遊戲嘗到苦頭了。

在我身邊的人當中，最聰明的人當屬杜瑟，我才會像這樣向她求救。

「妳看，我面前有一扇門，而且天花板還垂下一根綁著香蕉的繩索。房裡就只有踏台和棍子而已。用正常邏輯思考的話，應該就是踩上踏台，用棍子把香蕉打下來吧……」

「原來如此，就算踩著踏台，這根棍子的長度也搆不著啊……我有幾個想法。第一，在踏台上一邊跳躍，一邊用棍子擊打。第二，雖然有點粗暴，但可以將有些重量的踏台扔出去。第三……只要補足棍子的長度就行。主角不是有一把劍嗎？用繩子之類的東西，把棍子綁在劍尖如何？」

杜瑟提出三個方案，露出有些驕傲的神情。

原來如此，這就是受過英才教育的魔王之女……

「真不愧是小瑟。感覺每個方法都很管用耶。」

格琳赤腳走在辦公室的地毯上，來到我身邊後瞄了遊戲機一眼，似乎有點好奇。

「你又在玩這些奇怪的東西……怎麼？這扇門打不開啊？為什麼要擊落香蕉才能開門？直接把門弄壞不行嗎？」

格琳似乎對遊戲一無所知，說出這種偏離常識的話。

「要用什麼方法開門，就是遊戲的機關所在。要破解裝置才能開闢道──」

我準備向格琳展示門打不開的現狀，沒想到輕輕鬆鬆就打開了。

「什麼啊，明明可以打開嘛。那個香蕉的意義何在？」

「不知道。」

我也搞不懂這個遊戲製作者有何意圖。

……啊！

「沒關係啦，小瑟。門已經打開了，多棒啊！妳看，我的空腹指數下降了，如果用剛才的方法拿到香蕉就好了！」

可能是對自信滿滿地提出解決方案的自己感到羞愧，只見杜瑟摀著臉蹲了下來。

……就在此時。

隨著基地傳來的些微震動，愛麗絲發布的廣播響徹了整座基地。

《前幾天那隻地鼠又來了。請將每天朝會中說明的作戰計畫銘記在心。戰鬥員各就各位，不准使用B型裝備。》

——從基地遇襲的那一天起，砂之王動不動就會來攻擊我們。

「捕鯨砲和鯨魚叉準備好了嗎？各位，把砂之王痛扁一頓吧！」

接獲愛麗絲的指示後，戰鬥員紛紛扔出魚叉。

捕鯨砲和鯨魚叉原本就如字面上所示，是用來捕鯨的道具。

魚叉末端接著一條強韌的繩索，繩索尾端又綁在深深打入地面的鐵樁上。

此次的作戰計畫是先用魚叉攻擊砂之王，使其無法掙脫再慢慢削弱戰力，一舉打倒牠。

「看招！」

「抓到啦！」

除了我之外，其餘戰鬥員都各自轟出捕鯨砲和魚叉。

我的惡行點數還是負值，只能孤零零地當愛麗絲的保鑣。

「太好了，射中了！把繩索拉回來！」

「今天絕對不會讓你逃走，晚餐就吃地鼠火鍋！……奇怪？」

不知為何，照理來說能直接命中的魚叉，卻沒刺中砂之王，還被彈了出去。

「又來了！子彈也會被彈飛，牠的身體到底是什麼構造啊！」

「這種對手要怎麼應付啊！」

遭受攻擊的砂之王進入狂暴狀態。魚叉派不上用場，又被牠追著到處跑的戰鬥員發出了哀號。

看到眼前的光景，愛麗絲歪著頭，似乎無法理解。

「雖然接獲的報告指出子彈無效，但怎麼會連魚叉都刺不進去呢？就算體型龐大，但地鼠就是地鼠，表皮不可能硬成這樣。」

雖然是用魚叉這種原始攻擊，但戰鬥員都接受過改造手術。他們扔出的魚叉居然完全無效，這一點確實很弔詭。

連用火藥擊發的捕鯨砲也刺不進去。

難道因為牠是地鼠，採集了這個世界沉眠於地底深處的神祕礦石，用來強化表皮嗎？

我將被彈開後掉在附近的魚叉撿了起來。

「限制解除——！」

《即將解除戰鬥服的安全裝置。確定嗎？》

聽到我說出「限制解除」四個字，那群戰鬥員都大吃一驚。

《一旦解除安全裝置，在進行一分鐘的限制解除行動後，必須花費大約三分鐘的時間進行冷卻。真的確定嗎？》

「對，解除吧。這種時候就能體現出幹戰鬥員這一行的時間長不長，新手和資深老將的區別。真受不了你們……」

《即將解除安全裝置。如需取消請在倒數階段當中高喊取消。十……九……八……》

既然戳刺魚叉的力道不夠，那就將力道補滿。

那些只會依靠槍砲的軟腳蝦似乎沒想到這麼單純的方法。

「我來教教你們真正的戰鬥員如何戰鬥吧。我們這些鎮暴兵的存在意義，就是要站在最前線。別給我躲在後面瑟瑟發抖！喂，該死的地鼠！你的對手是我，放馬過來吧！」

砂之王將鼻尖轉向威風凜凜站在牠眼前的我。

牠可能從我渾身散發的氣勢，判斷出我是個無法忽視的對手。

不對。說不定牠是被我剛才吃的零食香氣吸引了。

「喂，六號，我在朝會時說過的話，你都沒聽進去吧？當魚叉不管用時，可以解除戰鬥服的限制。但為了安全起見，必須退到後方，讓其他戰鬥員引開地鼠的注意力……為了在地鼠現身時將牠擊退，我每天都有確實說明作戰計畫吧？」

「說到底，我根本就不記得自己參加過朝會。」

…………

《——戰鬥服的安全裝置已經解除。》

2

「嗚哇啊啊啊啊啊啊！快點！拜託快來救我啊啊啊啊啊啊！」

「可惡，你怎麼這麼蠢啊！……好重！媽的，你怎麼這麼重啊！」

「這小子還在穿舊型的戰鬥服嗎？趕快用惡行點數買最新型的裝備啦！」

戰鬥服進入冷卻時間後，我頓時無法動彈，在兩名戰鬥員的攙扶下被地鼠追著跑。

儘管解除限制，我扔出的魚叉還是沒刺中地鼠。

「喂，你們不覺得奇怪嗎？連我這個鐵臂扔出的魚叉都行不通。難不成那是某種可以讓物理攻擊無效化的魔法嗎？就像遊戲那樣。」

「那種事交給愛麗絲去研究啦！別因為動彈不得，就在那裡說風涼話！」

抱著我上半身的同事怒吼道。但她應該不會把這種超現實的領域列入考量吧……

「不，虎男先生使盡全力痛扁地鼠時，似乎有發揮一點作用。所以應該不會讓物理攻擊無效化。」

扛著我下半身的同事否定了我的想法。

既然怪人虎男的攻擊有效，那果然是單純力道不足。

但連我的投擲力道都不足以貫穿牠的表皮，就沒辦法用魚叉限制牠的行動了。

我不是因為惡行點數不足，才一直穿著舊型戰鬥服。

和最新型號相比，這套戰鬥服雖然笨重又不夠敏捷，但在力量和耐久度的表現上都更為優異。

而且還有「做工單純，不易損壞」這個特徵。

乾脆請虎男用怪人威力丟出魚叉好了？

……不對，牠手上有爪子，應該會暴投。不管離多遠，感覺都會飛到我們這裡來。

再說，在上次地鼠襲擊過後，就沒看見虎男的蹤影了……

「距離好像越來越近了耶！你們再加把勁啊！」

「吵死了，給我安靜點！不然就把你扔在這裡喔！」

「不然就把他扔了吧。再繼續下去，感覺連我們都要遭殃了！」

真不愧是邪惡組織的戰鬥員，毫不猶豫就決定要拋棄我。

「拜託你們別丟下我！如果我能順利生還，就把在葛瑞斯酒吧認識的碧安卡小姐介紹給你們認識！」

「……嘖，大笨蛋。雖然我是邪惡組織的戰鬥員，但怎麼可能棄同伴於不顧呢！」

「是啊，我跟六號都認識這麼久了。這只是緊急時刻的笑話啦！我要全力衝刺了！」

如月的戰鬥員平常雖然屁話連篇，但絕對不會拋下夥伴。

我在心中如此細想，並向他們致上感謝。

雖然兩人都使出了吃奶的力氣，但還是漸漸被地鼠逼近。

冷卻時間還剩下一分鐘。

這下子可能逃不掉了……

這時，和我同樣察覺到此事的兩人竊竊私語道：

「喂，我已經撐到極限了。要是情況不對，你應該知道要怎麼做吧？」

「嗯，我跟你也認識這麼久了。等到快被追上的那一刻，我們就……」

「吶，情況不對你們要怎樣？到時候你們想幹嘛啦！我們是夥伴吧？不，要不然就算朋友好了！是征戰沙場的摯友吧！」

即使聽我拚盡全力控訴，兩人也不肯和我對上視線。

我早就知道了。如月戰鬥員終究還是這副死樣子。

「喂，怎麼樣？還能再跑一會兒嗎？再這樣下去會被追上喔？」

「呃，差不多快要……」

「還能跑，你們還能跑！別這麼快就放棄，冷卻時間就快結束了！」

砂之王追得更緊了。就在我以為他們要拋下我逕自離去時——

「偉大的澤納利斯大人，請對這隻魔獸降下災禍！讓牠跌個狗吃屎吧！」

這聲詛咒響徹四周的同時，砂之王也摔了一跤。

我循聲望去，看見蘿絲推著坐在輪椅上的格琳。

這傢伙平常只會扯後腿，但偶爾也會派上用場嘛。

雖然以往總是讓她買單，至少今晚……

「隊長，砂之王因為我的詛咒跌倒了！沒錯，就是本小姐的詛咒！這份人情可大了，應該可以把那個約定的期限縮短一年……」

格琳說了些莫名其妙的話，讓我念頭一轉，決定還是下次再請她吃飯。

《冷卻時間結束。可重新使用戰鬥服。》

終於聽見這陣語音後，我就用自己的雙腳狂奔而出。

「冷卻時間結束了啊……喂，你怎麼先溜了啊！」

「我們一直扛著他，這傢伙居然忘恩負義！你至少要跑在我們後面吧！」

身後似乎傳來了某些怨言，但在冷卻期間留存體力的我率先跑到格琳身邊。

「隊長，你也真是的。我才稍不留神，你就碰上危險了。真的不能丟著你不管呢，我一定要留在你身邊才行……」

說完，格琳表現出「真拿你沒辦法」的態度。

「妳是稍不留神就會喪命，根本沒資格說我，但妳救了我一命。雖然從『這份人情可大了』這句話之後，我就聽不懂妳在說什麼了。」

「就算隊長繼續佯裝不知，我也會擅自縮短期限。還有九年。如果彼此都還沒結婚，你就要遵守諾言喔。」

我還是完全聽不懂格琳說的話。於是我把她扔在一邊，將視線轉向砂之王。

兩名戰鬥員似乎兵分二路。砂之王起身後，執拗地追在其中一人後頭。

「格琳，妳還能再降一次詛咒嗎？雖然他們中途考慮過要不要丟下我，但還是對我伸出了援手。我不想欠他們人情。」

「可以是可以，但我這邊的人情會增加喔？還有八年，如果彼此都還單身……」

聽到「可以是可以」這句話後，我就朝著砂之王直奔而去。

「隊長，讓打不死的我來充當誘餌吧！這段期間，請你想辦法處理！」
彷彿要蓋過格琳那句話似的，蘿絲對我大喊一聲就迅速從我身邊衝了過去。
「聽人家講話啦！偉大的澤納利斯大人，請對這隻魔獸降下災禍！讓牠動彈不得吧！」
對戰鬥員窮追不捨的砂之王猛然停下動作。
格琳難得連續詛咒成功，對她的力量一無所知的戰鬥員都發出驚呼。
「看哪，隊長！我是優秀又派得上用場的女人對吧！這種好女人不太可能八年後依舊單身！來，現在只要用一張結婚證書，家事全能的我就會跟你走喔！令人在意的價格是……」
因為連續詛咒成功而亢奮的格琳開始胡言亂語時，愛麗絲把某個東西丟了過來。
「六號，拿去！這是莉莉絲大人留下來的音波深彈！地鼠對聲音應該很敏感。等砂之王張嘴，就把這個塞進去！今天只要把牠趕走就行！」
接住愛麗絲丟過來的圓球後，我立刻追在蘿絲身後。
那兩名戰鬥員已經離我們很遠了。這時，恢復行動力的砂之王將鼻尖轉向眼前的蘿絲。
……就在此刻。
「今天真走運。運氣超好！現在搞不好連澤納利斯教的祕技都能成功！」
格琳將一大堆供品握在手上，從輪椅上站起來。她到底想做什麼？
「我是超越死亡與毀滅之人，也是偉大的澤納利斯大人的信徒兼大司教！吾名格琳・格里莫瓦。我就將詛咒的真諦，烙印在你們眼中吧！」

周遭忽然暗了下來。

到剛才為止應該還是晴空萬里，不知不覺間，天空已經布滿了雲。

人類絕對無法達成的異常事態讓戰鬥員開始議論紛紛。

格琳心滿意足地聽著眾人的吵嚷聲，並指著砂之王說道：

「偉大的澤納利斯大人，請對牠降下永眠的救贖。死亡是何等美好又尊貴啊……就讓牠在我的懷抱中沉睡吧！」

戰鬥員長年的直覺告訴我，這一招不得了。

這傢伙來真的啊……平常我只覺得她是到處吃醋的剩女，結果這才是大司教的真本事嗎……！

「將祭品獻予澤納利斯！」

格琳喊出這句話後，砂之王就被黑色濃霧籠罩。

「永別了，砂之王。我不會忘記這個震撼各國的偉大之名……」

格琳表情帥氣地輕聲呢喃，然後就直接從輪椅上摔了下來。

怎麼了，現在是怎麼回事？

總之，我只知道格琳氣勢洶洶地自我毀滅了。

砂之王似乎也很困惑，濃霧雖然已經散去，牠卻不停地東張西望。
然而，附近卻傳來一道相當逼真的低沉嗓音，彷彿要抹去這股困惑的氣氛一般。
「沉沒於吾之業火之海當之中吧……！」
不知是不是被格琳的表演觸動，只見蘿絲擺出架式，深吸一口氣。
當蘿絲引開砂之王的注意力時，我朝著砂之王狂奔而去。

「永遠長眠吧！深紅吐息——！」

鼻尖被火焰燒灼，讓地鼠頓時變得膽怯。我便將音波深彈丟進牠的嘴裡——！

3

總算將砂之王趕跑後，現在的我們簡直像在守靈似的。
「哈——！今天又輸了、又輸了！喂，再來一杯啤酒！」
我在基地裡附設的餐廳一口氣灌下冰涼的啤酒。

我把空啤酒杯遞給站在啤酒機前的戰鬥員，他卻冷冷地揮開我的手。

「吵死了，這酒是免費的，不會自己倒喔！可惡，被襲擊這麼多次，實在很煩人耶！」

雖然可以到街上喝一杯，但社員能在如月經營的餐廳中免費用餐，入夜還能暢飲啤酒。

如月基本上算是黑心企業，但這是少數的員工福利。

肉體是戰鬥員的資本，所以如月唯獨在飲食方面特別照顧我們。

「隊昂，我截得……嗯咕。如月根本就是天堂嘛，隨時都可以吃得飽飽的。」

蘿絲一臉幸福地這麼說。自從跟蘿絲說過如月有員工餐廳後，只要去杜瑟的辦公室或這裡，她基本上都會在。

「真好，妳不管吃什麼都能津津有味。有時候我約格琳來這裡吃飯，她就跟我說『我想去更有氣氛的餐廳！不要廉價的餐廳或居酒屋，路邊攤更不用提！』，完全不肯來，還跟我鬧脾氣。」

「因為格琳本來是大商家的千金啊。她出身好，約會才希望你帶她去高級餐廳吧。」

她雖然是大商家的千金，偶爾卻會露出本性耶。

而這位格琳目前被安置在祭壇上。

蘿絲說她這次傷勢很重，暫時沒辦法復活。

光是能跟砂之王打得平分秋色，就覺得少了格琳這個隊員有點可惜，但也無可奈何。

「今天格琳表現得很好，帶她去高級餐廳也無妨就是了。愛麗絲說明天一大早有事找我，要我待在基地裡，所以今晚只能跟這些喪家犬喝酒了。」

「王八蛋，你說誰是喪家犬啊？是你先扯我們後腿的吧！」

「嘿，明明現在點數不足，無法使用傳送功能，只有態度還挺囂張的嘛。來，趴在地上學狗叫，你想要什麼我就幫你送過來，僅限點數十點喔。」

我一拳轟向那個講話瞧不起我的同事，並趴在地上汪汪叫了幾聲。

「好耶，這樣就拿到新的遊戲軟體了。我真的會被那個垃圾遊戲氣死，明天開始就能玩別的遊戲了。」

我雀躍無比地大口飲下啤酒。在我旁邊不起眼地吃著晚餐的杜瑟抬頭問道：

「……請問，你不玩之前那個遊戲了嗎？」

「嗯？哎喲，那個遊戲根本糞作啊。雖然是我上司的遊戲，但那種個性扭曲的人帶來這個遊戲時，我就應該提高警戒才是……怎麼了，小瑟？妳喜歡那款遊戲啊？」

不知為何，杜瑟看起來有些落寞。被我這麼一問，她卻搖搖頭。

「不，我並沒有特別喜歡……」

當她正想繼續說下去時——

「哦哦，有個跟這裡格格不入的可愛妹子耶。妳知道這是什麼地方嗎？啊啊？」

「嘿嘿嘿，小姐，別老是跟六號玩嘛。幫我倒酒！」
將我從砂之王的魔爪中救出的那兩個人在杜瑟身邊坐下。我忘記他們是戰鬥員幾號了。
「要我陪酒嗎？可是兩位喝的酒，似乎沒必要斟酒啊……請問你們有帶可以讓我斟酒的那種酒水嗎？」
別說被惹惱給出冷冰冰的回應了，杜瑟甚至起身想去拿酒。見狀，他們慌了起來。
「啊！不是啦，杜瑟小姐，這是我們打招呼的風格！」
「對不起，我喝啤酒就好。杜瑟小姐，妳請坐吧！」
看到杜瑟出乎意料的反應，兩人百思不解。
「小瑟個性認真，所以聽不懂玩笑話。你們來幹嘛啦，髒死了，滾一邊去。」
說完，我揮手作勢驅趕，結果那兩人氣得臉紅脖子粗。
「你在說什麼啊。帶你逃離砂之王魔爪的時候，我們不是說好了嗎！」
「碧安卡小姐啦，碧安卡小姐！你在酒吧認識，要介紹給我們的那位碧安卡小姐！」
啊啊，這麼說來，我確實答應過他們。
「好啦。我今天想在這裡喝酒，明天再幫你們介紹。」
「哦哦，真的嗎！還以為你會不太情願，沒想到挺爽快的嘛！」
「喂，該不會是超級地雷女吧？那個……若是像格琳小姐那種人，我可敬謝不敏喔？」

見我爽快允諾，他們似乎起了疑心。

「不，他超正點。是葛瑞斯王國人妖酒吧的頭牌大叔喔。」

他們揮拳衝過來。勉強躲過攻擊後，我拿叉子作勢抵禦。

「混帳東西，幹嘛忽然打人啊！你們腦子有病嗎！」

「你怎麼會惱羞成怒啊？別一副不知道自己為什麼會被打的表情！」

「你的腦子才有病。什麼碧安卡小姐啊，開什麼玩笑！」

這兩個人滿不講理，一直嚷嚷些莫名其妙的話。正當我心想該如何對付他們——

「那、那個，六號先生……雖然覺得這樣不太好……」

杜瑟不知為何說這種話，並心驚膽戰地對兩人說道：

「雖然不能代替碧安卡小姐，但如果兩位不嫌棄，我可以幫忙斟酒……」

「怎、怎麼辦、怎麼辦？喂，怎麼辦啦！」

「其實我很想請她倒一杯酒，但這樣就會變得比六號還不如了……沒辦法，看在杜瑟小姐的面子上，今天就饒你一命！」

雖然我被放了一馬，但我根本不知道自己為何挨罵，這一點讓我無法接受。

當我正在思考之後要如何報復他們，見到剛剛那場騷動的戰鬥員們，都覺得有趣而聚集過來。

「個性太好的話，會被大壞蛋欺騙喔，比如我這種男人！妳要特別提防六號。畢竟這傢伙是不知不覺就會勾搭女人的後宮混蛋！」

「是啊。而且在我們如月，只要犯下強姦罪就會被罰。如果六號要對妳做壞事，妳就說『我要用強姦罪起訴你』！嘻嘻，要是沒這個規矩，他才不會放過妳呢！嘻嘻嘻嘻嘻！」

正當我想著該怎麼處理這些亂講話的混帳小咖們時，杜瑟突然爆出驚人之語。

「……？啊啊，但為了拜託他接受魔族領地的居民，我曾說過『被玷汙也無所謂』這種話……」

鴉雀無聲的餐廳中，只有蘿絲專心咀嚼食物的聲音。

不久後，有人開始操作傳送終端機……

「得跟阿絲塔蒂大人報告才行……」

「住手啊啊啊啊啊啊啊！不對！這不是我的提議！是小瑟擅自說出『不管會有什麼下場都無所謂』這種話！」

我拚命阻止要跟上級打小報告的同事，但其他人還是用懷疑的眼神看著我。

「雖、雖然你的個性很爛，根本就是人渣，但我以為你至少會勉強守住人類絕對不可跨越的底線……」

「我什麼都還沒做，是真的！連無傷大雅的性騷擾都沒有！就算我真要對小瑟性騷擾，感覺她也會欣然接受，可這樣我反而很難下手啊！她是個好女孩，我也會挑選對象啊！」

「少騙人了！美少女都說『可以對我為所欲為』了，你還好意思說自己沒出手！我看你滿腦子就只有黃色廢料！一天二十四小時內，大概有三分之一的時間都在想那檔事！」

想那檔事的時間可能還要再長一點，但這不是重點。

我轉頭看向杜瑟，拚命提出控訴。

「小瑟，拜託幫幫我吧！我是清白的！還沒對妳言語性騷擾過吧！」

「是、是的。六號先生真的什麼也沒做。我在辦公室工作的時候，六號先生每天都只躺在沙發上玩遊戲。頂多在遊戲出現謎題時詢問我，或叫我放下工作，找我一起玩而已……」

小瑟，妳感覺像在幫我說話，實際上卻沒幫上什麼忙耶。

這時，有個同事露出了大功告成的表情。

「我已經向本部提出報告了。任務完成。」

「你搞什麼啊！我剛剛不是說我是清白的嗎！工作上毫無貢獻這件事確實是我不好，但我想做事的時候，愛麗絲都會嫌我礙手礙腳，叫我去旁邊玩嘛！」

情況演變成這些同事在保護杜瑟，以免被我荼毒了……

「杜瑟小姐，這傢伙有欺負妳嗎？是說，妳怎麼少了半邊衣袖？是不是被虐待了？」

「如果沒辦法找我們商量，可以跟愛麗絲報告。她雖然有時候沒什麼用，但對這種事絕不寬貸。」

「呃，六號先生真的沒對我做任何事啦……！另外，衣服的袖子原本就是這樣，這也是有原因的……」

杜瑟驚慌失措地替我辯解。我忽然對此有些在意，便開口問：

「我也想問為什麼沒有袖子。是小瑟獨創的時尚風格嗎？」

「啊，不、不是。因為我若是用盡全力打出魔王拳，袖子就會被轟飛，所以只有慣用手這邊沒有袖子。」

…………

這番相當符合魔王形象的言論讓現場安靜下來。

「我就說嘛，我什麼也沒做啊。魔王可是絕對強者，我哪敢對這種人有非分之想……」

聽到我小聲抱怨，同事們紛紛別開視線。

4

隔天早上。

我跟杜瑟在基地附近的城鎮入口，等候魔族領地的居民。

——昨天那件事過後，同事們變得莫名體貼，紛紛替我傳送地球的物資以示歉意。所以我今天一大早就開心得不得了。

「六號先生，你今天好像很高興呢。有什麼好事嗎？」

「有是有啦，但也有不好的事。全都是拜小瑟所賜。」

杜瑟知道是昨晚那件事所致，便不停低頭道歉。

「昨天真的很抱歉！都怪我太多嘴了……」

「我的確沒在做事啊，別放在心上啦，小瑟。多虧了妳，我才拿到好多新的遊戲軟體。」

說著說著，我把掌機拿到杜瑟眼前秀了一番，她的表情卻略顯為難。

「恭喜你。那個，你玩其他遊戲時如果出現謎題，要記得問我喔。」

語畢，杜瑟露出一抹笑靨。看起來比初來乍到時開朗許多。

「這次的遊戲沒有解謎成分，應該沒關係。而且那群蠢貨開始監視我了，以後應該不太能去辦公室打遊戲……哦，魔族領地的居民真的來了……呃，小瑟，妳怎麼了？」

總覺得杜瑟的樣子跟平常不太一樣。我表達關切後，她卻搖搖頭。

「沒什麼。看到居民平安抵達，所以我放心不少……」

說完，杜瑟輕輕一笑。見狀，我才重新思考可能是自己多心了。

「這樣啊。小瑟真是個好孩子。可以說說妳爸媽是怎麼教育妳的嗎？以後我生女兒的時候可以學一學。」

「呃，這個嘛……爸爸總是要我變得更強、更冷酷，踐踏和蹂躪他人……」

「對不起，小瑟，還是別說了。」

感覺她馬上就要道出沉重的過往了，於是我立刻阻止。

看來前任魔王的個性確實與情報相符。

那為什麼能教育出這麼善良的孩子呢？這就是所謂的負面教材嗎？

這時，或許是看見站在入口的我和杜瑟了吧。

率領眾多非人族的魔族少女帶著滿面笑容朝我們揮手，並直奔而來。

「杜瑟大人！您看起來平安健康，不過一切還好嗎？有沒有被人類虐待？」

這個和我打過照面的魔族女孩，好像叫做卡謬吧？

「是，我很好。好久不見了，卡謬……托利斯果然不肯接受居民嗎？」

沒錯，我跟杜瑟之所以在這裡迎接他們，也是因為被愛麗絲告知魔族集團正前往此處。

聽到杜瑟的疑問，卡謬的笑容也湧現一絲陰霾。
「關於這件事……請您過目……」
杜瑟將卡謬遞出的書信展開後，表情變得緊繃。
我從旁瞥了一眼……
「小瑟，信上寫了什麼？可以唸給我聽嗎？」
「小瑟！」
我看不懂這顆星球的文字，要求杜瑟幫忙朗讀。不知為何卻是卡謬做出了反應。
「簡而言之，現在魔王軍投降、魔族王國滅亡後，和托利斯的同盟關係也解除了……」
「換句話說，就是不願意接納難民啊。但愛麗絲不是答應妳『一定會成功爭取到居民的性命保障』嗎？她處理這種事的手腕很高明，所以打起精神來吧，小瑟。」
「你又叫她小瑟！」
卡謬一直吵個不停，杜瑟則向我低下頭。
「……六號先生，你真的從頭到尾都在幫忙……為我們做到這種地步，我該如何報答你的恩情？」
「畢竟我們人手也不足，彼此彼此啦。而且，小瑟只是在收拾爸爸留下的爛攤子而已吧？如果妳執意要報恩，那就跟我一起打遊戲。雖然自由時間晚上可以跟同事對打，但不知道為什麼，我們一定會吵起來。」

「哇啊啊啊啊啊啊啊啊！」

我對杜瑟展顏一笑，卡謬就在我耳邊大吼大叫。

「妳從剛剛開始就在喊什麼啦，吵死了！我還以為是誰呢，原來是魅魔小妹啊！我們正在聊正能量的話題，別來礙事！」

「我不是魅魔，是莉莉姆！我才想問你從剛才開始在幹嘛，居然隨便喊她『小瑟』！」

看來這位魅魔對「小瑟」這個稱呼有點意見。

「不嫌棄的話，就讓我陪你玩吧，六號先生。」

當事人杜瑟這麼說，並露出一抹微笑，似乎完全不在意。

「陪他玩？杜瑟大人，陪他玩是什麼意思！我沒盯住的這段期間，您到底跟這位做了什麼好事？」

卡謬面紅耳赤地逼問，似乎搞錯我們要做什麼事。不過將魔族擺在第一位的杜瑟，早已出發去找愛麗絲了。

「你沒聽到我跟小瑟說的話嗎？入夜之後，她要來陪我玩啊。」

「入夜之後！要陪你玩！」

這傢伙果然是魅魔吧。

——當天晚上。

愛麗絲迅速安排，將臨時帳篷分配完畢後，我們為長途跋涉而來的魔族眾準備了餐點。

現在勤快地盛裝燉菜遞給魔族的人正是……

「你們不是邪惡組織嗎？怎麼做的事情正好相反？」

「這也是順利展開侵略的一環。這麼說的話，你也是前魔王軍幹部吧。看你分菜分得很開心嘛。」

已經跟女僕裝融為一體的羅素沒有出言反駁，繼續盛裝燉菜。

「好了，吃完這些早點睡吧。燉菜很燙，吃的時候小心點。雖然顏色漆黑，感覺有點可疑，但吃起來就是一般的燉菜。」

「非常感謝您，羅素大人。沒想到還能在遙遠的異國他鄉再次見到您……」

聽到魔族的致謝，羅素雖然表現得不太親切，卻還是開心地搔了搔臉頰。

乍看之下，這場餐食供應會很像慈善行為，但在殖民地舉辦這種活動，往後的叛亂機率就會大幅降低。

只要有人在困苦時刻伸出援手，人類馬上就會相信對方。

即使是會折磨自己的敵人也一樣……！

「呼嘿嘿嘿，就用如月特製的黑暗燉菜好好療癒身心吧。之後就變成我們的先遣部隊……！」

「我姑且先問一下，你沒有在燉菜裡放什麼奇怪的藥吧？」

我和羅素在分送燉菜時，身後忽然傳來一陣輕笑聲。

我循聲望去，發現杜瑟不知何時站在後頭，開心地笑著。

「哦，就算是小瑟，也不准嘲笑這小子的興趣喔。因為他很適合這種裝扮嘛。只是女裝而已，沒什麼問題吧？」

「啊！對不起，我不是因為這件事才笑的，非常抱歉！……咦？女裝？咦咦，羅素！你是羅素嗎！」

「……妳、妳可能認錯合成獸了，杜瑟……」

杜瑟的臉上寫滿了驚愕，羅素則冷汗直流地撇開臉。

杜瑟顫抖地伸出手，用微弱的嗓音問道：

「這、這世上有這麼多合成獸嗎？而且你剛才叫我杜瑟……」

「……那是因為六號這樣叫妳，我才……」

羅素矢口否認，可能不想被杜瑟看見現在這個模樣。

「喂，羅素。你意識到自己有女裝癖，現在過得很幸福這件事，我已經跟小瑟說過了。

所以別那麼拘束。」

「你搞什麼啊！我哪有意識到這種事！只是因為虎男和那些戰鬥員喜歡看我穿成這樣，我才給他們一點福利……啊！不、不對……這是誤會……！」

聽到羅素這番話，杜瑟強顏歡笑地說：

「沒事的，羅素，無須隱忍。明明只是我們偶然在遺跡發現的合成獸，你卻願意協助我們。魔王軍已經解散，戰爭也結束了。你就自由自在地活下去吧……」

「等一下，杜瑟，妳的想法大錯特錯！我真的很討厭穿這身衣服！這是我的真心話！」

羅素拚命控訴，杜瑟卻溫柔地摸摸他的頭。

「沒關係，我覺得這衣服很適合你，非常可愛。以往我都把羅素當成弟弟看待，以後就把你當成妹妹吧。」

「妳根本沒搞懂嘛！我才想問，『小瑟』是怎麼回事啊！不准用這麼可愛的方式稱呼魔王的女兒……啊！對、對不起，杜瑟，妳很在意吧，我不會再提這件事了！」

看到杜瑟滿臉通紅地低下頭，羅素連忙道歉。

「小瑟就是小瑟啊，有時候也會叫她杜瑟小姐啦。對了小瑟，妳來這裡做什麼？」

「……我、我、我是……來幫忙的……」

「這、這樣啊！那杜瑟過來這邊吧。我負責盛燉菜，妳來分送給大家！」

貼心的羅素為了轉移話題，立刻將燉菜盛盤並排在桌上。

在列隊的魔族面前被人用「小瑟」稱呼，可能讓她很羞恥吧。杜瑟現在帶著泫然欲泣的神情，卻依舊堅強地分送燉菜。

不知是不想被我們看見欲哭又通紅的臉蛋，還是不想再被我們調侃，杜瑟跟我們隔著一段微妙的距離。

「吶，六號，你真的很蠢耶。我第一次看見正經八百的杜瑟露出那種表情。」

「哦，小瑟會崩壞成這樣，還不都是你引起的。對了，小瑟在魔王城時是什麼樣子？」

我拿起裝著燉菜的器皿，小口啜飲並問道。

「一言以蔽之，杜瑟就是個資優生。性格嚴謹、聰明伶俐、溫柔體貼……因為容易畏縮，不太會與人相處，但只要受人之託，她絕對不會拒絕，是個大好人。總將自己的事擺在第二，責任感很強……她就是這種人。她當然會哭會笑，但並不是表情這麼豐富的人……」

「我認真問個問題，為什麼這種人會當上魔王？」

因為是魔王的女兒，才需要塑造形象嗎？

……但無論杜瑟來此之前是什麼樣的人，變化幅度應該都沒有你這麼誇張。

聽我這麼問，羅素聳了聳肩。

「我也不清楚。畢竟前任魔王就是個冷酷又貪婪的人，也是有點責任感啦。總之，完全是魔王的代名詞。明明是那種人教出來的，怎麼會養出這種個性的孩子呢？我也實在想不透。」

果然就是負面教材吧。

對了，說到魔王……

「喂，合成獸是不是很喜歡魔王啊？蘿絲好像跟小瑟很親，跟她在一起的時候，就變得像小狗狗一樣。」

「我認為表現得像狗一樣應該是本人的個性所致，但魔王和戰鬥合成獸應該有某些淵源。我會服侍魔王也不是毫無理由。待在魔王身邊，總覺得心情很平靜……」

…………

「羅素，你服侍的是前任魔王吧？前任魔王是個大叔吧？虎男的年紀也不小，我們也有很多大叔戰鬥員。而你待在大叔身旁就能平靜下來，所以……」

「唔？才、才不是！那是對魔王的血脈有所反應！待在杜瑟身邊，我也會感到平靜啊！我怎麼可能喜歡大叔！……等等，你怎麼也吃起燉菜來了！」

5

隔天。

接納魔族領地的居民為我們的基地小鎮注入了一點朝氣。

由於房子還沒蓋好，大部分的居民都住在簡易的帳篷裡。

糧食採取配給制度，生活必需品也幾乎入不敷出……

「唔喔喔喔喔喔，這是什麼！是蜘蛛魔獸，幹掉牠！」

「你們這群死屁孩，別碰我的愛機，我要揍人嘍！還有，這不是蜘蛛魔獸，而是毀滅者閣下！」

在近期蓋好的發電設施旁，有一群魔族孩童聚在毀滅者旁邊。愛麗絲正在驅趕他們。

果然不管到哪裡，毀滅者閣下都很受孩子歡迎呢。

「大姊姊，妳是什麼魔族？犄角跟尾巴好可愛喔！」

「吶，妳會吐火嗎？我會噴酸蝕吐息喔！」

「唔啊～快住手～不要拉我的尾巴！而且我不是魔族，是合成獸啦……」

另外一邊，外表比普通魔族更像魔族的蘿絲被幾個小女孩纏住了。

看著眼前的光景，大人們臉上都綻出了笑意。

「這裡好歹算是邪惡組織的總部，但大家都洋溢著笑容呢……」

「對、對不起……因為魔族領地的環境太苛刻了，大家來到這裡就變得安心許多……」

問了才知道，魔族領地充滿了末日感，魔獸會在家門外大搖大擺地走來走去。

這裡雖然鄰近大森林，但姑且有外牆包圍，水源和糧食也非常豐富。

「不過，毀滅者閣下和蘿絲都好受歡迎啊。要是虎男先生也在，應該也會受孩子歡迎吧。真可惜……」

不對，他不在反而比較好吧？

他這個人絕不會越過那條禁忌的界線，不過他到底跑到哪裡去了？

「虎男先生……請問是感覺很強壯、毛皮鬆軟的那一位嗎……」

杜瑟雖然個性嚴謹，畢竟還是女孩子，似乎對動物型怪人相當感興趣。

「虎男先生在冬天可是相當寶貴呢，抱著他就很溫暖。如果下次還有機會呼叫援軍，就指名來自中國的熊貓男先生，和來自澳洲的無尾熊男先生吧。那兩人也是毛茸茸的怪人，小孩子超愛。」

「真令人期待。我好想見見他們！」

我們的談話氣氛輕鬆又融洽。這時，剛把孩子趕跑、一點也不輕鬆的仿生機器人來到我們身邊。

「受不了，不管人類還是魔族，那些小鬼都沒在客氣耶。喂，六號，我要去王城一趟，你也一起來。」

妳看起來也很像小鬼，還是別說這種話吧。

正當我準備和愛麗絲一起離開基地小鎮時，杜瑟喊了我一聲。

「……那個，六號先生。」

我回過頭，看到杜瑟神情嚴肅地端正儀態。

「真的非常感謝你。我對你有訴不盡的感激。」

說完，她深深地低下頭。

「……既然妳對熊貓男先生這麼有興趣，要不要送點周邊給妳？」

「不對，我不是在為這件事道謝！是因為你願意像這樣接納我們。起初我還覺得前景未卜，現在終於放下心中大石了！」

杜瑟只說了這些，就跑向再次聚在毀滅者旁邊的孩子們，勸誡他們別再玩鬧了。

……什麼啊，原來是這個意思。

我們也得到了勞動人口，配給他們的糧食也是如月本部送來的，所以也不是什麼壞事。

另外，魔族真的很多美女。
雖然只在配給時匆匆看了幾眼，但其中也有類似魅魔的種族。
話雖如此……
「人家已經先道謝了，交涉就拜託妳嘍，愛麗絲。」
「這件事包在我身上。我會盡可能爭取到不錯的條件。」
愛麗絲在這方面就變得相當可靠。於是我和她一起去拜訪緹莉絲——
「——你還好意思來啊，六號。我知道你本來就是個容易被美色誘惑的男人，沒想到你居然好色到這種地步。」
我們被帶到緹莉絲的房間前面，雪諾就用這種失禮的話迎接我們。
「是啊。畢竟之前魔王軍攻打王城，妳哭著求我說『我什麼都願意做，拜託救救蘿絲和格琳』的時候，我也被妳迷惑了呢。」
「唔……！當時真的很謝謝你，現在我時不時也會心懷感激！……別說這些了！」
雪諾的臉頓時染上一層紅暈，接著蹲低身子小聲說道：
「你到底想做什麼？如果只有一兩個人就罷了，你打算把所有前魔王軍都收編進來嗎？這個國家的居民也很感謝你們，但在發生這件事之後，他們實在無法壓抑心中的不滿了。畢竟前陣子還喊著『消滅魔族』的口號跟魔王軍交戰呢。肯定會有人去攻擊你們的小鎮。」

……原來如此，這傢伙在給我們忠告呢。

可是……

「妳在警告誰啊？不管是襲擊者還是魔獸，來一個我殺一個。我們可是邪惡組織如月，以戰鬥為業的戰鬥員呢。」

「很好，六號，說得太棒了。誰敢反抗就殲滅他們。」

「你們為什麼這麼好戰啊！需要人力的話，我們會替你們想辦法。所以別再接受魔族了，跟周邊諸國也會交惡啊。」

以正常邏輯思考，這傢伙說得其實很正確。

而且我們對這顆行星還不熟悉，繼續樹敵也並非明智之舉。雖然明白這一點……

「抱歉，除了淪為制裁對象的罪犯外，儘管是有前科的大壞蛋，如月都是來者不拒。」

「很好，六號，說得太棒了。周邊諸國有意見的話，就用這個理由侵略他們！」

明明是仿生機器人，卻是如月組織裡最火爆的傢伙。雪諾被她嚇得半死時，房裡傳出了聲音。

「雪諾，到此為止吧。兩位也請進。關於這件事，待會兒我們就來促膝長談吧。」

聽到這句話後，我打開房門，就看到威風凜凜坐在沙發正中央的大魔王……不對，緹莉絲。

今天的緹莉絲不像平常那般笑臉盈盈。我認為這件事本身就是在表達對我們的抗議。

隨我們一同進房的雪諾，身姿凜然地站在緹莉絲身旁——

「吶，愛麗絲，今天的緹莉絲很帶感耶。真是無法想像，她之前居然會在確認四下無人的狀態下，擺出奇怪的姿勢大喊『小雞雞慶典』呢。」

「喂，六號，別說了。不要毫無自覺地亂踩地雷。」

「緹莉絲殿下，切莫驚慌！這是他們的手段，要挫您的威風！」

雪諾連忙幫面紅耳赤、肩頭震顫的緹莉絲說話。

腦中莫名傳出惡行點數增加的語音。這時，雪諾代替已無用武之地的緹莉絲，狠狠地瞪著我。

「六號，你太卑鄙了！每個人應該都有想做傻事的時候！雖然肩負國政重任，但緹莉絲殿下也是花樣年華的少女，自然會對男性的那話兒感興趣！」

「雪諾，夠了，妳出去吧。求求妳別再說了。」

緹莉絲帶著哭腔說道。她的肩膀抖得更厲害了。

雪諾被趕出去後過了一會兒，緹莉絲才若無其事地板起嚴肅的面孔。

「六號，等一下要談正事，別再捉弄緹莉絲了。」
「我知道啦。雖然不知道她事到如今幹嘛要裝正經，但我會老實一點。」
「六號大人，拜託你也出去好嗎！」
莫名被趕出房間的我被在外面待命的雪諾纏住了。
「嗯？你也被趕出來了？你幹了什麼好事？是不是又說蠢話啦？」
雪諾擺出像是在期待什麼似的表情問道。
「我又沒有胡言亂語。我確實說了『事到如今才要掩蓋事實已經來不及了』之類的話，但我也說會老實待著啊。」
「我也是在替緹莉絲殿下說話，怎麼會被趕出來呢……我剛剛也說了，緹莉絲大人正值花樣年華。難道這就是叛逆期嗎？」
這樣啊，既然是叛逆期就沒辦法了。這個年紀的人心思很複雜。
我背靠著牆直接坐下，靜待愛麗絲交涉結束。
「不過，你們真的是在給自己找麻煩耶。魔族那些人放著不管就行了，為什麼還要刻意接納他們？」
「有什麼辦法，我們就是這樣的組織。不管有苦衷還是任何難處，我們都全數接收，才造就出今天的如月，哪會因為來到別的星球就改變原則。」

在我身邊的雪諾也將背倚著牆，深深地嘆了一口氣。

這個女人平常都會氣勢洶洶地對我處處刁難，今天卻一反常態非常老實。

「你明白現在是什麼狀況嗎？我是這個國家的騎士。要是緹莉絲殿下和愛麗絲談判破裂，視情況而定，我們終須一戰。」

雪諾別過臉，有些落寞地這麼說。

「……？是啊。但妳的國家也強不到哪裡去。感覺很棘手的格琳下個月就要來我們這裡了，蘿絲也早就是實習社員。這樣應該不成問題吧。」

…………

「去死吧————！」

「唔喔！妳這臭婆娘，幹嘛忽然衝過來啊！」

我躲開忽然舉劍劈來的雪諾，滾了幾圈後站了起來。

「妳在想什麼啊，偷襲女！妳是想現在就殺了我，以免日後和我們打起來嗎！真是下流。妳到底要累積多少屬性才甘願啊，卑鄙小人！」

被我義正詞嚴地破口大罵，雪諾也氣得柳眉倒豎。

「你這大笨蛋，最沒資格罵我卑鄙小人！要是真的掀起戰爭，我頭一個就劈死你！」

「啥啊啊啊啊？妳哪砍得到我這個超級強者啊？一定會被我反將一軍啦！在戰場上見到我，就用那對大得離譜的奶子湊過來說『對不擠嘛』，搖著尾巴跟我道歉。那我就接受妳的投降！」

聞言，雪諾放低身子，將劍打橫計算彼此的距離，並逐步進逼。

這傢伙是認真的，那雙眼全程緊盯著我。

「仔細想想，我們之間的緣分還真是奇妙。初次見面時，我還以為你能有點用處，才把你撿回來，沒想到你居然是間諜。將你趕出去後，不知為何你又跑回來。以為你幫了我一個大忙，結果我卻因為你而失去了地位和財產……」

「妳會沒落至此，哪是我的問題啊，貪心的女人！不過現在只要跟我道個歉就行了！要我給妳零用錢也行！」

我都說了要給她零用錢，雪諾卻連眉毛也不挑一下，依舊維持迎戰架式。

雖然不知道是哪裡惹到她了，但這個對手似乎不能掉以輕心。

「可惡，非打不可嗎……！妳的奶子、身材、奶子和臉蛋，其實我都不討厭。妳知道我的實力吧？要放棄就趁現在！」

「我知道你是真的想說服我，但聽了實在很火大。我當然了解你的實力，也知道我會敗在你手下。但我好歹也爬上了騎士團長的地位，我就拿下你一隻手臂吧！」

這麼說來，我在這顆行星遇見的第一個當地人就是這傢伙。

邪惡組織的戰鬥員和只有性感可取的女騎士，根本不可能和睦相處。

仔細想想，或許從初次見面的那一刻起，就注定了這樣的結局……

正當我感慨萬千地下定決心時，緹莉絲的房門忽然被打開了。

「你們從剛才就在幹什麼？我們在談正事，給我安靜點。」

聽到愛麗絲傻眼地這麼說，雪諾斬釘截鐵地回答：

「抱歉，愛麗絲。身為騎士，這絕對——」

「少囉嗦，現在馬上逼妳還債喔。」

「愛麗絲，妳退下吧。我跟這個臭女人終有一天要分出高下——」

「少囉嗦，現在馬上取消你的零用錢喔。」

我跟雪諾紛紛向現身於此的絕對強者下跪磕頭。

6

我們踏上了返回基地的歸途。

差點就要展開決鬥的我和雪諾正在各自向愛麗絲告狀。

「不是的，愛麗絲小姐，是這個男人先挑釁我。我明明是為了大家才提出忠告，這傢伙卻口出惡言。」

「這是誤會，愛麗絲。是這女人先砍過來的。我出於正當防衛，為了自保才準備應戰。而且我哪有口出惡言，只說了奶子之類的話而已。」

愛麗絲明明是仿生機器人，卻露出一副「被麻煩的傢伙纏上了」的表情。最後，她終於開口說：

「我根本不想知道你們吵架的原因，總之明天前給我和好。對了，我跟緹莉絲已經談妥，可以讓魔族住在我們鎮上。」

聽到這句話，雪諾面露驚愕，我則擺出了勝利姿勢。

「活該，這樣是我們贏了！什麼『視情況而定，我們終須一戰』啊？我們家愛麗絲太優秀了，根本不會引發戰爭嘛！」

「咕唔唔唔……！」

聽到我瘋狂激怒雪諾，愛麗絲卻搖了搖頭。

「讓魔族定居必須有先決條件。為此，你們都得努力幹活才行。」

聞言，雪諾臉上湧現出喜色。

「呵哈哈哈哈哈！什麼『我們贏了』啊，活該！真不愧是緹莉絲殿下！到底是什麼條件？她到底丟了什麼天大的難題給你們？」

混帳東西，居然爽成那樣！

「幹嘛一副勝券在握的樣子啊，白髮女！視條件而定，我們還有機會贏吧，不要得意忘形！」

「當我們提出條件，你們選擇接受的那一刻起，就是你們輸了！外交交涉的勝敗關鍵就在於能讓對手讓步幾分！」

看到我們開始爭辯，愛麗絲傻眼地說：

「把我的話聽完好嗎？我剛才是這麼說的：讓魔族定居必須有先決條件。為此，『你們』都得努力幹活才行。」

「「……………」」

隨後，她又對默不作聲的我們說道：

「讓魔族定居在我們小鎮的先決條件，就是把讓魔族挑起戰火的大魔獸——砂之王驅逐出境。只要我們撤退，下一個被攻擊的就是葛瑞斯王國了。所以，不管我們要動用魔族還是怎樣都好，只要打敗砂之王，王國就承認魔族定居一事。」

……基地小鎮的所在位置原本就是葛瑞斯王國賜予的土地。

對葛瑞斯王國而言，這片土地是為了讓我們居住才分讓的，當然不能交到魔族手上。這一點也能理解。

可是，居然要驅逐這陣子讓我們苦戰連連的那隻地鼠啊……

「……哼，你們要小心點，盡可能別丟了小命。砂之王可是連魔王軍都放棄討伐的魔獸。要是莉莉絲主公還在，或許還能想想辦法……」

雪諾的這番話不知是在挑釁還是在擔心我們。聞言，愛麗絲說道：

「怎麼說得一副事不關己的樣子？妳也要參加。」

「咦？」

【中間報告】

地鼠有夠強。

上次被莉莉絲大人打敗，名為森之王的那隻蜥蜴根本不算什麼。

說到底，槍枝跟魚叉都不管用。

因為鯨魚叉沒辦法刺殺牠，危急時刻牠還會鑽入地底。就算用音波深彈嚇唬牠，想把牠挖出來，正在開發城鎮的我們也沒這麼多點數可用。

因此，希望引發地鼠襲擊事件的導火線莉莉絲大人能自掏腰包為我們提供物資後援。

我們想要對抗巨大機械的戰略地雷、獵捕英雄的鋼絲網及其他火力強大的各種武器。

另外，我隨便碰一下就自己壞掉的模型和同樣自己壞掉的娛樂室遊戲機，也都要麻煩莉莉絲大人。

不知為何，損壞物品的責任居然被推到我身上，讓我十分頭疼。請您幫幫我吧。

報告者　莉莉絲大人的忠實部下——戰鬥員六號

第四章 VS砂之王！

1

和葛瑞斯王國已經達成了協議。

第一，葛瑞斯王國將占領魔族領地作為賠償金的替代方案。不會讓居民淪為奴隸，也不會加以虐待。

第二，王國允許魔族移居基地小鎮。

第三，由於現階段魔族領地大部分皆化為沙漠，幾乎毫無價值，如月會將沙漠化的罪魁禍首砂之王驅逐出境。

第四，砂之王遭到驅趕後，魔族領地應該會逐漸綠化，就以此作為葛瑞斯王國的賠償。

第五，魔王軍幹部及士兵皆編列於如月麾下，居民將收容至基地小鎮。

總之王國會暫時接納魔族，萬一判定無法討伐砂之王，將遣返魔族，破除這項條約，葛瑞斯王國和魔王軍將再次開戰。

……簡而言之，只要我們幹掉巨大地鼠，一切就解決了。

現階段總算有共識了。

將這件事告訴戰鬥員後，愛麗絲召開了地鼠會議，募集眾人的意見——

「虎男先生揮拳攻擊，還有蘿絲噴火的時候，牠都嚇了一跳。主要原因應該是火力不足吧。那就把莉莉絲大人叫來吧。說到底，也是莉莉絲大人害魔王喪命，讓砂之王襲擊我們的，叫那個人負起責任。」

聽到我的意見，戰鬥員們都點頭如搗蒜。其中有個人舉手發言道：

「不，反正那個人只會闖禍，應該會節外生枝。還是叫彼列大人過來吧。把地鼠和大森林一起燒個精光，一鼓作氣提升開拓進度吧。」

原來如此，經他這麼一說，確實也有道理。

戰鬥員們又點頭，認為這個主意不錯。但愛麗絲吐槽道：

「現在沒辦法叫幹部們過來。因為前幾天送過去的報告書，莉莉絲大人又被追加了制裁，結果她似乎惱羞成怒發動叛亂了。雖然向怪人和戰鬥員喊話要揭竿起義也沒有人響應她，所以她正在獨自閉關。只有最高幹部才對付得了她，所以在莉莉絲大人被制伏前，沒辦法申請援軍。」

這確實很像莉莉絲會做的事，但那個人到底是想怎樣啊？

「那就需要足以對抗砂之王的強力武器了……你們的惡行點數還有剩嗎？我現在還是負值，沒辦法申請。」

話雖如此，我現在的惡行點數已經恢復到負六十了。

照這個情勢發展，只要再過幾天，應該就能使用傳送系統。

「那隻地鼠居然能一派輕鬆地接下對抗戰車的步槍子彈。換句話說，牠的防禦力比戰車還要強吧？能穿透這種防禦力的武器得花多少點數才行啊？」

「來到這裡之後，我一直把點數用在色色的事情上頭……沒有超商跟影音出租店真的很傷耶……」

「這裡連日本製的菸酒都要用點數換。再說，那隻地鼠的防禦力真的那麼高嗎？是不是展開了魔法屏障啊？」

大家都各自提出自己的意見，卻沒想出任何有建設性的想法。

雖然有提出「撒出鋼絲編成的魚網」、「既然怕蘿絲的火焰，那火焰放射器可能有效」之類的提案……

這時候還是智囊愛麗絲最可靠。

當大家的視線自然而然地轉向愛麗絲時，她卻搖搖頭。

「關於地鼠的情報太少了。既然還不知道什麼方法有效，就先保留惡行點數吧。雖然姑且能用這顆行星的素材製作陷阱，但也別抱太大期望。火箭砲、對戰車步槍、手榴彈和音波深彈，每一種都會在命中時嚇到牠，不過還欠缺最關鍵的一手。牠的防禦力確實不太尋常。雖然我不承認有魔法屏障這種爛東西存在，但得進行各種嘗試才行。」

聽到打死不承認超現實存在的愛麗絲這番話，有個戰鬥員隨便插嘴說道：

「喂喂，那不就是一點辦法也沒有嗎？妳平常總是對我們頤指氣使耶，全靠妳嘍，智囊小姐？」

聞言，愛麗絲點點頭。

「哦……我只是沒刻意提起，但還有一個方法。就是全員都裝備R鋸劍，直接發動突襲。這樣總會有效果吧。少了幾個毫無價值的戰鬥員對我來說也不痛不癢，就用這一招吧。」

「喂，別多嘴啦！愛麗絲在戰鬥中有作戰指揮權，她一聲令下，我們就不得不從耶！」

「她把我們的性命當成什麼了？這個仿生機器人簡直沒血沒淚！」

「這傢伙還真敢說啊。戰鬥員也是活生生的人啊，別再把我們當成路人了！」

「是我錯了，我不該出言調侃，這件事就饒了我吧！」

——因為會議上亂成一團，太陽早已西沉，時間差不多要來到深夜了。

在人越來越少的餐廳中，被迫捲入此事的雪諾一直纏著杜瑟不放。

「為什麼連我都得去打砂之王啊？緹莉絲殿下說，如果光靠如月就能打敗砂之王，我國的面子就保不住之類……」

「不好意思，真的非常抱歉，對不起！」

雪諾的酒量明明很差，還讓杜瑟在一旁替她倒酒。她將倒得滿滿一杯的日本酒拿起來啜飲一小口。

「好喝……難喝死了！我怎麼能喝魔王倒的酒呢！」

「對不起、對不起！還、還是幫妳拿點啤酒呢……？」

被如此壞心眼地刁難，杜瑟卻毫不氣餒，準備去拿啤酒過來。

「不，算了，別雞婆！真是的，都是妳擅自繼位，才害我收集到的魔王情報派不上用場，這下子我就沒辦法邀功了啦！妳要怎麼賠償我！」

「抱歉，我擅自繼承王位，真的很對不起！啊……酒杯空了，但是不是別幫妳倒酒比較好呢……？」

雪諾小口小口啜飲的酒杯已經見底。杜瑟雖遭受如此欺凌，卻依舊替她服務。

「酒杯空了當然要倒酒啊！現在別管我了，妳也要喝！」

「知、知道了，那我就喝一杯……！」

說自己喝不了魔王倒的酒，卻又指使她倒酒，雪諾已經徹底變成醉漢了。

「雖然那些仰慕我的部下，過去被魔王軍整得很慘，但只要妳乾了這杯，寬宏大量的我就赦免妳的罪！還不快道謝！」

「非、非常感謝妳！我就代表魔族乾了這一杯……！」

雖然醉得一塌糊塗，但她好歹是有眾多部下的前騎士團長，應該對魔族有很多怨言吧。

當事人杜瑟看起來也不太排斥的樣子，就別打擾她們了。

「隊昂，你不去幫杜瑟小姐嗎？」

我用溫暖的視線看著杜瑟她們。在一旁大口猛吃免錢餐食的蘿絲這麼問我。

「小瑟有點自虐傾向，很容易怪罪自己，稍微被欺負一下應該能讓她輕鬆點吧。但要是其他戰鬥員纏著小瑟，妳就可以咬他們。」

「了解。如果有人敢對杜瑟小姐性騷擾，到時候我會狠狠咬上一口。」

聽到蘿絲這句超級可靠的話，我一手拿著啤酒點了點頭，開始瘋言瘋語。

不久後，餐廳已經空無一人。正當我想著該回房休息時，我環視了周遭一圈……

——結果基地猛烈地晃動起來。

《地鼠在這個時間現身了。所有人帶著R鋸劍到基地前的廣場集合。睡著的人就把他們打醒！》

愛麗絲的廣播響徹整座基地，同時走廊上也傳來奔跑聲。

指定武器是R鋸劍這件事讓人有點憂心，但我還是伸手拿起立在桌邊的那把武器。

「你們幾個，快去消滅地鼠！讓他們瞧瞧前葛瑞斯王國游擊小隊的實力！」

「隊長，雪諾小姐已經喝得爛醉了！格琳還在復活中！」

我們小隊的人老是在關鍵時刻派不上用場！

沒辦法，我只帶了蘿絲一個人衝出餐廳。但不知為何，連杜瑟都跟了過來。

「小瑟，妳在幹嘛？這裡很危險，妳就待在基地吧。」

「不，得讓魔族避難才行。別看我這樣，我好歹也是前魔王，應該多少可以幫上六號先生的忙……」

……沒問題嗎？這孩子一副要犧牲自己的樣子。希望她別為了保護別人而喪命……

「——太慢了，六號，居然最後才來。格琳就算了，雪諾到底在搞什麼？」

可能是聽從愛麗絲的指令行動吧，我一到現場，就看到一群戰鬥員將地鼠團團包圍，手上還舉著長棍。

「雪諾喝得爛醉，我把她丟在那裡了。這是在做什麼？」

戰鬥員握在手中的長棍是湯匙的形狀，上頭還裝著某種東西。

「趁著用誘餌引開牠注意力的時候，讓魔族盡快避難。地鼠愛吃的東西我還是知道的。我做了點會讓牠口水直流的餌食。」

愛麗絲這麼說的同時，手邊也在寫些什麼。

我有點在意，瞄了一眼，發現她在寫關於雪諾的事……

看樣子是呈給緹莉絲的報告書。

她想把雪諾的失態當成把柄，逼緹莉絲在交涉時讓步吧。

「既然有地鼠愛吃的誘餌，應該也可以挖陷阱吧。要不要埋點地雷？」

「那是最終手段。畢竟你們這些戰鬥員不會記得地雷埋在哪裡吧。我敢保證，一定會有人踩到。」

除了我以外的戰鬥員確實都不怎麼聰明。

有些人的智力可能比地鼠還低，他們一定會踩到地雷。

可能是被愛麗絲吸引而來，沐浴在聚光燈下的砂之王對眾人伸出的誘餌充滿興趣，不停用鼻子嗅聞。

「那個誘餌裡混入了強效安眠藥。只要讓牠睡著，牠就是我們的囊中物了。再來只要上麻醉藥，趁牠昏睡的時候宰了牠就行。」

愛麗絲說得含糊，但她忘了一件重要的事。

「對方可是頭目級魔物耶。不會陷入異常狀態吧？」

沒錯，這就是遊戲中常見的頭目修正機制。

要用混入誘餌的安眠藥解決可沒這麼容易。

「……什麼頭目級魔物啊。我知道你是遊戲腦，但這裡是現實世界，振作一點吧。」

愛麗絲僵了一陣子，神情驚愕地這麼說。

「愛麗絲，妳才要振作點吧。就算是那些魔王軍幹部，如果這樣就能打倒的話，最強武器就會變成麻醉槍了喔。但我從沒想過要用這種武器不是嗎？」

「…………原來你在戰鬥時姑且也有自己的想法啊。我以為你過去之所以沒使用催眠瓦斯或麻醉槍，是因為尚未驗證地球的藥物對這顆行星的生物是否有效。」

話雖如此，在不同的遊戲中，對戰頭目級魔物時也可能使其陷入異常狀態。

等砂之王吃下誘餌，再看情況用R鋸劍突擊也不遲。

「……奇怪？牠雖然聞了誘餌的味道，卻看也不看耶？看吧，果然是頭目修正機制！在遊戲中無法觸發異常狀態就是這個意思！」

「怎麼可能，我還特地選了無色無味的藥物……不，等一下。因為對手是地鼠，我還在誘餌裡配了很多昆蟲和蚯蚓……」

砂之王對遞到自己眼前的誘餌不理不睬，並走向附近的戰鬥員……

喀哩。

「呀啊啊啊啊啊啊啊！我、我的對戰車步槍！……這、這傢伙看的不是誘餌，而是我耶……」

戰鬥員躲過飛撲而來的砂之王，舉向前方的步槍竟被啃了一口。

砂之王嚼了一會兒，「呸」地一聲往地上吐出了某些東西。

看到化成細碎鐵塊的步槍，一群戰鬥員變得鴉雀無聲……

愛麗絲觀察眼前的狀況，深感佩服地低語：

「……既然體型大到那種程度，也沒必要拘泥於小蟲了。既然能吃蟲就能吃肉。從牠毫不客氣大口咀嚼的模樣來看，說不定也知道人肉是什麼滋味呢。」

「現在還有時間冷靜分析嗎！外表明明這麼可愛，結果是個可怕至極的傢伙！」

愛麗絲還不慌不忙地這麼說。我開口吐槽，同時拔出R鋸劍。

「上吧，各位。我來充當誘餌，你們儘管砍殺！所有人都裝備R鋸劍！」

我在這裡姑且算是管理職，此刻便以主管身分朝著砂之王飛奔而去。

……攻擊開始——！

2

「啾啾啾～～！」

「嘰嘎啊啊啊啊啊～～！」

——巨大砂之王發出意外可愛的聲音後，和牠對峙的蘿絲也齜牙咧嘴地予以威嚇。

我的戰鬥服因為砂之王的攻擊破損了一小部分。判斷自己已經充分發揮誘餌的作用後，目前正在愛麗絲身邊待命。

「抱歉，愛麗絲。如果我再撐一會兒，蘿絲就沒必要跟牠單挑了……」

「這也無可奈何，你已經做得很好了。」

我被愛麗絲安慰後，再次環視四周。

由於我成功達成了誘餌的任務，現在砂之王遍體鱗傷，嘴裡發出啾啾聲，在蘿絲面前動彈不得。

子彈和魚叉明明都拿牠沒轍，Ｒ鋸劍的攻擊卻能確實造成傷害。

這麼一來，果然只能讓戰鬥員持Ｒ鋸劍進行特攻作戰了。

……這時，和砂之王對峙的蘿絲擺出了奇妙的姿勢，並深深吸了一大口氣。

「沉沒於吾之業火之海當之中吧……！永遠長眠吧！深紅吐息——！」

「啾！啾啾〜〜！」

蘿絲對砂之王吐出灼熱的火焰，但砂之王卻毫不畏懼地大聲鳴叫，似乎已經對火焰產生抗性了。

牠當場轉身背對蘿絲，用兩隻前爪刨挖地面。

「噗哇啊啊啊！啊噗，嘴巴吃到土了……！」

大量塵土撲向蘿絲。當她護著自己的臉，發出哀號的瞬間——

「啾！」

「唔唔！」

砂之王使出一記橫掃攻擊打向蘿絲。

我在空中接住被彈飛的蘿絲後，在地上滾了好幾圈，減緩撞擊的力道。

該說是幸運嗎？蘿絲似乎沒有被砂之王的利爪掠過，身上並沒有撕裂傷。

「對不起，我全身痛到不行，沒辦法動了。真是沒用……」

「妳在這裡歇一會兒吧。妳跟我都盡了全力，辛苦妳了……喂，你們太不爭氣了吧！至少要像我和蘿絲一樣，把最低限度的工作做好做滿啊！」

「是啊，六號。你做得很好，好棒啊。」

砂之王的聽力和嗅覺果然很敏銳，只要聽到一點點聲響，就會馬上往該處攻擊。因此在魔族全數避難完畢之前，我們都要大聲喊話。

在砂之王四周晃來晃去的戰鬥員們對我們劈頭痛罵：

「喂，愛麗絲，不要太寵六號！那小子當誘餌根本撐不到十秒就被攻擊，還用最快的速度逃回來耶！」

「少囉嗦，那你去當誘餌啊！我在愛麗絲心中是特別的存在，只有她才看得出我的努力和成果。對吧，搭檔？」

「只是因為稍微誇你一下，你就會乖乖聽話而已。很好很好，你真的好棒喔。等魔族避難完畢後，有件事要拜託你去處理。」

說完，愛麗絲就摸摸我的頭予以讚賞。

怎麼回事，有種不祥的預感。

……正當我尋思是不是該趁現在逃離愛麗絲身邊時。

「魔族已經避難完畢！給各位添麻煩了，我也來幫忙！」

只要砂之王的利爪一揮，戰鬥服就會被撕裂。當戰鬥員紛紛提高警戒，不敢隨意出手之際，杜瑟上氣不接下氣地跑過來。

看到繼蘿絲之後，又有個美少女挺身而出，那群戰鬥員覺得自己實在太不中用，於是和砂之王拉近了距離。

魔族全數避難後，愛麗絲對擅長狙擊的戰鬥員下達指示。

「喂，用切割刀擊砂之王試試看。」

揹著步槍的戰鬥員依她所言，遠遠地將用來切斷繩索的切割刀裝設完成。

他毫不猶豫地向砂之王發動攻擊後，切割刀卻沒有撕裂牠的體表，還被反彈回來，從放出它的戰鬥員頭頂飛了過去。

「R鋸劍的攻擊明明有效，但斬擊似乎不是牠的弱點……」

「喂，愛麗絲，我的頭差一點就被砍飛了！稍微關心我一下好嗎！」

一文不值的戰鬥員發出怒吼，要愛麗絲重視他的性命安危時，愛麗絲忽地抬起頭。

「我好像懂了。喂，六號，你去揍砂之王一拳。」

我還以為這位仿生機器人優異過人，結果卻跟她的製造者一樣廢。

「我這改造人的拳頭確實很強，但對那種大塊頭根本沒用吧。再說，靠近火氣正大的地鼠簡直跟自殺沒兩樣。」

我無奈地聳聳肩，愛麗絲卻揮手作勢驅趕。
「別廢話，快去快回。不情願的話，我就要行使作戰指揮權。」
「妳太狠了吧！可惡，如果揍一拳沒用，我就要馬上逃回來！」
撂下狠話後，我觀察砂之王的狀態。
負傷的野生動物相當凶暴。
只見牠神經質地動動鼻子叫了幾聲，只要有點風吹草動，牠就會往聲音來源用力揮爪。
我採取匍匐前進的姿勢，步步逼近砂之王……
不久後，我和直盯著我的砂之王四目相接。
見我僵住不動，愛麗絲大吼：
「你白痴啊。用匍匐前進接近視力不好的對手有什麼意義？快點站起來！」
或許是被愛麗絲的厲聲怒吼分散了注意力，砂之王揮出的利爪掠過我的頭頂。
「唔喔！好危險！這種事不會早點說喔！」
愛麗絲用失望透頂的眼神看著逃回來的我。
「我太愚蠢了，居然沒考慮到你的智能問題……有沒有哪個大膽的傢伙，可以去揍砂之王一拳啊！」
就算愛麗絲這麼說，但砂之王已經完全進入警戒狀態，有哪個神經病敢接近牠啊……

「由我出馬吧。」

靜靜地說出這句話後，杜瑟就衝了出去。

「小瑟，妳在幹嘛！喂，你們幾個快去支援她！分散砂之王的注意力！」

杜瑟轉眼間就衝到砂之王的胸口。比起拉住她，我們選擇分散砂之王的注意力。

「喂喂，混帳地鼠，看這裡！看我這裡啊啊啊啊啊啊！」

「雖然知道沒什麼用，但還是吃我這招吧！別小看改造人丟出的快速球！」

「繼續激牠，雖然牠應該聽不懂人話，但給我拚命挑釁牠！可惡的地鼠，圓滾滾的眼睛有夠可愛，不要一直動鼻子啦！」

有些戰鬥員大聲挑釁，有些戰鬥員對牠丟石頭。

可能是被我們吵嚷的聲音搞得心煩意亂，只見砂之王開始確認所有人的站位，將鼻頭轉向特別吵鬧的我……

「魔王拳！」

伴隨著杜瑟這聲怒號，砂之王被踢了出去——！

「——成功了嗎？」

「魔王拳超強的！雖然不是拳頭就是了！」

「不愧是魔王！雖然不是拳頭，是飛踢就是了！」

在戰鬥員的喧鬧聲中，被踢飛的砂之王混亂地撐起身子。

或許是被杜瑟踢中的地方很痛，只見砂之王再三留意自己的側腹，擺出警備姿勢。

光用一記魔王拳，果然沒辦法收拾牠。

愛麗絲應該明白這個道理，但她到底想做什麼？

……這時，篤定了某件事的愛麗絲大喊道：

「所有人都採取肉搏戰！砂之王可以用神祕力量化解遠距攻擊！用飛行道具以外的武器攻擊牠！」

什麼「神祕力量」啊，這傢伙怎麼忽然說這種話？

「怎麼啦，愛麗絲，妳也覺醒了遊戲腦嗎？那首先來處理一下妳的人設吧，叫我老大或主人，如果語尾能加個『機器』，那就太完美啦！」

「你到底在說什麼？這就是那個頭目修正機制啊。遊戲裡不是有時候頭目無法觸發異常狀態嗎？我一直在觀察砂之王，不知原因為何，看來唯獨遠距攻擊牠才能使其無效。」

經她這麼一說，除了蘿絲的火焰噴射外，砂之王能擋下的確實只有遠距攻擊。

之所以下達「揍砂之王一拳」的指示，也是想確認這一點吧。

「原來如此。之前有人在會議中說了魔法屏障，原來真的有這回事啊。」

「怎麼可能有什麼魔法屏障，是神祕力量……以前虎男不是說過揍牠一拳有用嗎？杜瑟的魔王拳和R鋸劍也是近距離攻擊。也就是說……用鯨魚叉攻擊也一樣。如果不用投擲方式，而是接近目標採取突刺，或許行得通。」

雖然愛麗絲堅決否定魔法的存在，但聽到我們的對話後，杜瑟便伸手拾起被扔在一旁的魚叉。

「小瑟！夠了，小瑟，快點回來啊！小瑟！」

看到杜瑟再次展開特攻，砂之王展現出警戒態度。

魔王拳應該讓牠嘗盡苦頭了吧，雖然周遭眾人不停大聲吵嚷，牠也只把鼻頭對準杜瑟。

砂之王抬起身子，用力揮下兩隻前爪的同時，杜瑟也衝進牠的懷裡刺出魚叉。

被魚叉深深刺入腹部的疼痛讓砂之王發出慘叫聲。

杜瑟毫不猶豫的衝刺攻擊似乎發揮了功效，砂之王揮下的前腳利爪只把杜瑟後面的頭髮削掉幾根而已。

「所有人拿著鯨魚叉接近牠！如你們所見，只要逼近目標就能發揮效果！」

聽到愛麗絲這句話，所有戰鬥員的神情驟變。

畢竟只要知道弱點在哪，再來就輪到我們上場發揮了。

在所有人士氣大振的瞬間——

「噫呀啊啊啊啊啊啊啊啊啊啊！」

砂之王發出一陣淒厲又尖銳的喊叫，就鑽進自己挖出的大洞裡了——

3

「妳在幹嘛啦，小瑟！別再給我搞這齣了好不好！」

「對不起、對不起！真的很抱歉！都怪我擅自行動，讓砂之王逃跑了……！」

砂之王逃逸，傷患的治療工作也告一段落後。

我在基地的會議室裡對杜瑟說教。

「這不是重點！我說小瑟啊，有常識的美少女可是稀有生物，妳對這一點有自覺嗎？妳的性命價值跟那些可以隨便拋棄的戰鬥員不一樣，不准自暴自棄！」

「呃，那個……」

聽到我這番認真的說教之詞，杜瑟的表情有些困惑。

「喂，六號說這句話的時候，有理解到自己也是戰鬥員的一分子嗎？」

「相較之下，杜瑟小姐的性命確實比六號重要。雖然明白這一點，不過總覺得難以釋懷耶……」

聽到我說教的內容，那些戰鬥員似乎在抱怨些什麼。這時，愛麗絲將資料放在桌上。

「好，雖然你們剛把砂之王趕跑，應該累壞了，但沒辦法保證牠今晚絕對不會再攻過來。這種事還是早點解決比較好。我來說明一下作戰概要。」

了解砂之王的特性後，就能採取很多種方式。

過去都讓牠為所欲為，但這次輪到我們大顯神威了。

「如眼前的資料所示，要培養出獨當一面的戰鬥員需要這些費用。將打敗砂之王能獲取的好處換算成金額後，則是這些費用。」

愛麗絲說得輕描淡寫，但我心中只有不祥的預感。

好端端的，有必要談到我們的價值嗎？

「作戰非常簡單。你們各自拿著鯨魚叉突擊，用繩索將其固定。這次絕對不能再讓牠掙脫，並一舉討伐牠。從砂之王連重型機械都能輕鬆掃除的力量逆向推算，至少要用五十支左右的魚叉攻擊，才有辦法綁住牠。預估的戰鬥員死傷數量……大概是三人吧。這樣幾乎沒什麼損失，所以大可放心——好，原地解散吧！」

「解散個屁啊！多想幾個不會讓我們犧牲的方法啊！」

「妳不是高性能又聰明嗎？求求妳，愛麗絲小姐，至少說個不會造成傷亡的方法吧！」

「說到底，別幫我們標價啦！而且資料上寫的金額也太低了吧！」

我代替愛麗絲，向這群吵個不停的路人們說：

「喂，少囉嗦，一群雜碎！你們這些戰鬥員的存在意義，不就是在最前線戰鬥嗎？怕死的話就給我捲鋪蓋走人，一群軟腳蝦！」

「啊啊？今天第一個棄權的廢物在瞎說什麼啊，混帳！」

「你老是覺得只有自己與眾不同。但你也是戰鬥員耶？你也要拿著魚叉去刺殺砂之王耶？」

這群人的沸點還是這麼低。這時候還是得先把話說清楚。

「你們都忘記我是這個基地的分部長了吧？我跟你們不一樣！當然不能參與這麼危險的作戰。就算我想參加，到頭來也會被愛麗絲阻止。搞清楚我們的身分差距，一群路人！」

我斬釘截鐵地這麼說，那群路人就變得面紅耳赤、渾身發抖。

哦，這是風之谷王蟲的攻擊色呢。

「很好，想打的話就放馬過來。你們跟地鼠大戰一場後早已筋疲力竭，而我幾乎只在一旁觀看。你們認為誰比較有利……」

「你是隊長，要負責帶頭殺進敵陣喔。」

我還沒說完，愛麗絲就插嘴道。

…………

「妳剛剛說什麼？」

「這還要問，你要率先出擊啊。畢竟只有你還在穿舊式的戰鬥服，在這群人當中應該最耐打，生存率也最高。雖然是一群沒什麼價值的戰鬥員，但若能減少犧牲的數量，那是再好不過。」

喂……！

「等一下，我的戰鬥服哪有很耐打啊！妳剛剛不是也看見了嗎？被打一下就裂開了耶！再說，我的戰鬥服也得先修好才行……」

「我來修吧。戰鬥服是莉莉絲大人做的，就算只靠這裡的設備，一個晚上也能修好。」

只會在這種沒必要的時候展現自己優異的才能！

「拜託妳，搭檔，想個更安全的作戰計畫吧！妳這個人只要有心就做得到。應該有其他更好的提議吧！」

「事到如今就別再發牢騷了。上啊，六號！」
「對啊，讓我們瞧瞧你帥氣的一面，分部長大人！」
那群同事抓住這個大好機會在一旁起鬨。我正思考著如何對他們展開逆襲之際……
「呃……那就由我打頭陣吧……」
說出這句話的人當然是杜瑟。
「這孩子又在胡言亂語了！小瑟，我不是叫妳別再做這種危險的事了嗎！」
「沒、沒有。可是……打倒砂之王也是全魔族的宿願。如果魔族也賭上性命對抗砂之王，葛瑞斯王國的人應該就不太會反對讓我們居住於此了……」
感覺這是她充分思考後給出的理由。
但有必要讓前魔王杜瑟特地出面嗎？
該怎麼說呢？從第一次見到她以來……
「……真沒辦法。杜瑟也要參加的話，就絕不能讓她受傷。要不要搬出壓箱寶呢……」
愛麗絲這番話打斷了我的思考。
「……妳說虎男先生怎麼了？」
「我不是在說虎男啦。那傢伙跑到哪裡逍遙去了？臨陣脫逃可是重罪喔。」
沒錯，自砂之王第一次襲擊以來，虎男就一直不見蹤影。

話雖如此，虎男不說一聲就消失，其實也沒什麼好稀奇的。

「畢竟虎男先生也是貓科嘛，本來就很善變。原諒他吧。」

「如果怪人能自由發揮本能，你早就被怪人蜘蛛女跟螳螂女吃乾抹淨了。」

她說的當然是性方面的意思吧。

蘿絲那種肉食系女子，光有一個就夠恐怖了。

……就在此時。

會議室的門忽然被打開，有個人揹著某樣東西現身了。

「嗨，讓你們久等了喵。」

眼前的人就是我們正在談論的虎男。

不知道前陣子跑到哪裡去了，此刻的他滿身瘡痍。

「哦哦，虎男先生回來了！喂，看看他這副模樣！他一定是為了對抗砂之王，到某個地方修行了！」

「原來如此，讓虎男先生去對付砂之王嗎？感覺行得通！」

「畢竟怪人很強壯嘛，絕對沒問題！」

「虎男先生，拜託你了！」

戰鬥員頓時歡聲雷動，但虎男卻搖搖頭。

「你們在說什麼？我這趟旅程是有目的性的……杜瑟小姐。」

「是、是的！怎、怎麼了嗎？」

看到虎男神情嚴肅，還忘記在語尾加上喵字，正勤快地為大家泡茶的杜瑟抬起頭來。

「有個禮物想送給杜瑟小姐喵。」

說完，虎男就從肩上的背包中取出某物，交給杜瑟。

「……這難道是魔導石嗎？我從沒見過這麼大的魔導石。而且能感受到一股驚人的力量，彷彿持續注入了經年累月的魔力……！可是，為什麼要送我這種東西……？」

當杜瑟對這個魔導石感到疑惑時，遍體鱗傷的虎男露出了前所未有的認真表情。

「這是我從龍族身上搶來的魔導石。吶，杜瑟小姐，有了這個魔導石……是不是就能把我變回小學生？」

「抱歉，我無能為力。」

聽到杜瑟馬上回答，虎男就躺臥在房間角落開始生悶氣。

「怎麼辦，愛麗絲？妳的壓箱寶小老虎在鬧彆扭了！」

「可惡，已經沒救了，萬事休矣！」

「對不起、對不起，都是我的錯，真的很抱歉！」

愛麗絲大感傻眼的聲音響徹了頓時化為人間煉獄的會議室。

「冷靜點，一群呆瓜。我說的壓箱寶不是虎男啦。全都跟我來。」

——愛麗絲帶著眾人，來到先前蓋在基地裡的某個神祕設施。

沒人知道這座設施的真面目。因為建築中偶爾會傳來類似哭聲的聲音，所以我們這些怕鬼的戰鬥員都不會主動靠近……

「愛麗絲，不要來這裡啦。聽說每天晚上都會聽見女人的哭泣聲耶。據說是某個結不了婚的悲觀女子，詛咒這個世界後自我了斷之類的……」

「你們幾個真的很傻耶……連這座基地都是最近才蓋好的，怎麼會出現這種謠言啊？」

愛麗絲傻眼地看著膽小如鼠的我們，接著打開神祕設施的大門。

……與此同時，裡面傳來了女人的哭泣聲。

眼前景象跟謠言完全相符，我們心驚膽顫地往裡面一看——

只見前魔王軍四天王之一的炎之海涅哭喪著一張臉，不停從手指製造火焰。

「這裡是基地小鎮的發電廠。毀滅者閣下不是在設施旁邊休息嗎？難得得到海涅這個人才，我就蓋了火力發電廠。」

這是什麼鬼畜設施啊？這個仿生機器人果然沒血沒淚。

發現我們之後，海涅仍繼續製造火焰，只把臉轉向我們哭訴道：

「我不想再製造火焰了！喂，六號，救救我吧！我一整天都在這裡燒熱水，已經厭倦到受不了了！」

負責火焰的四天王終於開始對自己的定位全盤否定了。

「原來妳的工作地點是這裡啊。這樣不是很好嗎？她認可的是妳的能力，而不是性感的身材。」

「如果還得繼續過這種生活，還不如做色色的工作！……對、對不起，我、我是開玩笑的。別用那種眼神看我……」

同事紛紛用飢渴禽獸般的眼神盯向海涅，讓她大驚失色。

這麼說來，自從海涅來到這裡後，使用電力時就不再受限了。

考量到這一點，要讓這傢伙離開現在的工作崗位，就得再好好商榷……

這時，愛麗絲對牢騷滿腹的海涅說：

「好了，趕快發電吧。等毀滅者閣下的電量充滿，會讓妳每隔十天休一次假。勞動時間也會減為一天十五小時。」

這到底是哪門子黑心企業的條件啊。然而海涅卻頓時容光煥發地說：

「真、真的嗎？沒有騙我吧？我相信妳喔！」

儘管這條件毫無人道可言，海涅還是欣喜若狂，實在太可憐了。

……不對，仔細想想，我們的工作九死一生，全年無休地執行長期任務，還將絕地求生的生活視為理所當然。這也很黑心啊……

「那我要製造多少火焰，才能讓電量充滿？」

「看它的電量，應該要超過一個月吧。」

殘酷無情的這句話讓原本歡欣雀躍的海涅當場崩潰。

海涅得到希望，又被打入絕望深淵。這時，有個人再次為她帶來了希望。

「那個……讓海涅用這個如何……？」

說完，杜瑟就戰戰兢兢地將虎男送她的魔導石拿出來。見狀，海涅頓時面露驚愕。

「好、好強大的魔導石……！杜瑟大人，您在哪裡得到這麼貴重的東西……？」

戒慎恐懼地接過魔導石後，海涅開口問道。

「虎男先生說他是從龍族身上搶來的……」

「龍！他、他在開玩笑吧？龍族搞不好是比砂之王和森之王還要巨大的大型魔獸。與那種存在交手，到底要怎麼……」

這麼說來，雖然剛才略過沒談，但虎男偏偏選了魔獸之王龍族當對手。
只有現場的如月相關人員，才猜得到虎男是怎麼跟這種怪物交手的。
如果被逼到生死關頭，怪人可以讓自己巨大化。
這招起源於英雄製造出的巨大機械，是得狠狠折損性命的最終絕招。
虎男就是這麼想變回小學生。
雖然完全無法理解，也不想理解，但他讓我見識到男子漢的氣魄。
「杜瑟大人，非常感謝您。有了這個，我就能製造出超強火焰了……六號，就讓你們瞧瞧前魔王軍四天王的實力吧！」
說完，海涅握緊拳頭，露出一抹狂傲的笑容——

4

海涅展現出幹勁的隔一天。
「好熱！」

在火力增強的發電廠內，渾身是汗的海涅喊出這種理所當然的事情。

海涅用了龍族的魔導石，拿出真本事後製造的火焰，真的非常猛烈。

至於有多猛烈呢？連基地小鎮的氣溫都上升了好幾度。

另外，更猛烈的就是……

「……呃，妳不是負責火焰的四天王嗎？」

滿身大汗的海涅性感指數猛烈飆升。我盯著她的屁股這麼說。

如果是遊戲的話，這種人在火焰當中反而更能大顯身手。

「你在說什麼啊？水之羅素沉到池裡也會溺死啊。我對火焰的抗性多少比其他人好一點啦……說到底，我為什麼會穿這身服裝呢？稍微動腦想一想吧。」

說完，海涅懶洋洋地向我展現自己的身材。

「妳想用性感的服裝欺敵，讓人放鬆戒心吧？幾乎所有女性怪人都會這麼做。」

「不是，是因為很熱！以及避免讓火焰轉移到衣服上！」

我還以為她是四天王中負責賣弄風騷的人，沒想到居然有這麼正經的理由。

……這時，擅自跟過來的雪諾莫名有些尷尬地別開視線。

「如果妳這身打扮也有意義可言的話，可以說來聽聽嗎？」

「……因為魔王軍的組成分子絕大部分是半獸人和哥布林士兵。如果對方是女人，牠們就會活捉帶回去。只要穿曝露一點，牠們就會極力避免傷害獵物，如此一來生存率也會提升。本國的女士兵之所以不穿盔甲，就是為了讓敵人看出我們是女人。」

跟如月的女性怪人做的事很像嘛。

「喂喂，別把半獸人和哥布林士兵說得像性慾野獸一樣。他們的性格都滿好的。不過，妳居然拿女性特質當作武器，真是狡猾……」

「戰、戰爭期間何來狡猾之說！性命都賭上了，將可以運用的事物加以應用，有什麼不對！再說，妳不也把女性特質當成武器嗎！」

雪諾似乎不想走進熱氣蒸騰的發電廠。只見她站在設施的門後指著海涅說道。

「我、我把女性特質當武器？別開玩笑了，我什麼時候做過這種事！」

「妳現在就是用這種方式才能活下來！如果妳是男人，六號就不會一直放過妳，現在應該早就把妳幹掉了！」

聽到這句話，海涅狠狠地瞪了我一眼。

「喂，六號，回答我的問題。難道你對我……」

「如果妳是男人，我就會毫不留情地殺了妳。這還用說嗎？我們組織本來就一堆臭男人了。我每天都覺得除掉一些戰鬥員也無所謂。」

海涅話還沒說完，我就回答了她的問題。她露出傻眼至極的表情，對我說道：

「……這樣啊。看來我還是該慶幸自己是個女人……唉，但還是很熱啊，可惡……」

海涅無精打采地重返工作崗位。

「對了，你們來這裡幹嘛？若是來監工，那大可不必。雖然待遇提升也是原因之一，但只要我充飽電，你們就能打敗砂之王吧？既然能打倒可恨的砂之王，我就不會草草了事。」

海涅神情嚴肅地這麼說。為了加熱鍋爐，她伸出手製造火焰。

「呃，沒什麼特別的原因。只是覺得來這裡或許能見識到香汗淋漓的性感屁屁。」

「快滾！有夠礙事，給我閃一邊去！不准盯著別人的屁股看！」

海涅對我劈頭痛罵，但她現在是奴隸，我也不必照她的話做。

看到我原地抱膝而坐，繼續盯著她的屁股看，海涅傻眼地嘆了口氣。

「……我不想管那個白痴了。妳呢，來這裡做什麼？」

見海涅對自己提問，雪諾露出滿意的微笑。

「聽說妳在這裡被壓榨得很慘呢。我身為王國騎士，肩負保家衛國的義務。魔族毫無信用可言，我怎麼能疏於監視呢？」

「妳說妳肩負保家衛國的義務，但昨晚砂之王來襲的時候，妳醉得一塌糊塗耶。」

聽到我的吐槽，雪諾臉上滑過一道汗水。為了模糊焦點，她故意啪嗟啪嗟地用手搧風。

「如傳聞所言，這裡確實很熱……這種時候就該吃點冰品。這是我剛剛從餐廳買來的，在這種地方吃，應該會更加美味吧。」

……原來如此，我終於知道這傢伙為什麼要來這裡了。

「冰品……喂喂，別在這裡吃，至少去我看不見的地方吃啦！」

「要在哪裡吃是我的自由！啊，妳也想來一口嗎？」

雪諾用湯匙挖了一勺杯裝冰淇淋，在海涅面前放入口中。

接著，她拿出另一支事前故意準備的湯匙，舀了一勺冰淇淋後湊近海涅嘴邊。

「來，張開嘴巴～」

雪諾面帶微笑，用溫柔的嗓音這麼說，並將湯匙遞過去。

「咦？啊，呃，那個……那、那就，啊～～」

「哎呀！不愧是炎之海涅，火勢真是太猛烈了，冰淇淋都融化了呢！」

她故意放慢速度遞過去的冰淇淋，在海涅吃進嘴裡之前就融化了。

「……拿來，我自己會吃。」

「我只讓妳吃一口而已，結果這一口已經融化了。哈哈哈哈哈哈！這個表情實在太棒了！再讓我更開心一點！」

海涅一臉懊悔地渾身發抖，雪諾則抱著自己的身體大笑出聲。

即使她的魔劍被海涅熔掉，兩人之間還有其他爭執，但她也太卑鄙了吧。

……雖然我沒資格說這種話，但這女人已經完全爛到骨子裡，說不定無藥可救了。

「你們是怎樣？我現在可是為了打倒砂之王才在奮力工作！等一下我要跟愛麗絲告狀，說你們妨礙我工作！」

這傢伙才來沒幾天，馬上就搞清楚我們之間的上下關係了。

我和雪諾互看一眼，點了點頭後……

「今天就先放妳一馬。明天給我把屁股翹高一點！」

「妳最好對如月有貢獻，才對得起我那被妳熔掉的愛劍！明天起給我做好心理準備！」

撂下這些小混混會說的狠話後，我們離開了火力發電廠——

——○月×日。

海涅跟愛麗絲告狀後，愛麗絲就不給我零用錢了。

為了抗議這件事，我來到了火力發電廠……

「哦哦，海涅小姐，看妳做了什麼好事。託妳的福，愛麗絲不肯給我零用錢了。」

「真受不了。愛麗絲也問我『要現在馬上把欠的錢付清，還是下跪道歉』。我雖然很不想屈服，卻被逼著低頭道歉了呢。」

「你、你居然跟那麼小的孩子拿零用錢……還有妳，竟然跟小孩借錢又下跪道歉，到底是怎麼回事啊……」

海涅雖然很傻眼，但這一切都肇因於她。

「看妳說得一副事不關己的樣子，但我們今天是來報仇的！」

「沒錯，做好覺悟吧。呵呵呵，魔族就是我的敵人！來，六號，把那個拿出來！」

我遵照雪諾說的話，將從基地總部帶來的一台電暖爐放在地上。

今天也在認真製造火焰的海涅看到電暖爐後疑惑地歪著頭。

「海涅，妳知道這是什麼嗎！這是我們國家的暖氣設備！」

「這裡本來就已經很熱了，我還要繼續加溫！呵呵呵呵，妳好歹也是掌管火焰的幹部。應該不會求我手下留情吧？」

我們蹲在電暖爐前露出一抹狂妄的笑，海涅卻一臉不解。

「你們這幾天還沒嘗到教訓嗎？如果打擾我工作，又會被愛麗絲罵喔。還是你們已經想好可以順利開脫的藉口了？」

「嘿嘿嘿，說到底，我們本來就不是在妨礙妳工作，只是在這裡取暖而已。要在哪裡取暖，是我們的自由吧！」

「沒錯，我們只是在取暖，不是要刁難妳。哈哈哈哈哈，這就是人類的智慧！儘管痛苦掙扎吧，炎之海涅！」

聽到我們想出的完美藉口，海涅呆若木雞——

「……喂，你們整張臉都紅了，沒事吧？我看你們汗如雨下，再不攝取水分，會有生命危險喔？」

——十分鐘後。

相較於只沁出一層薄汗的海涅，我跟雪諾都因為過熱而意識模糊。

「……妳怎麼還能一派輕鬆啊？」

「呃，是很熱沒錯，但我不是說過嗎？我對火焰多少有點抗性……對了，她還好嗎？」

經海涅這麼一提，我看向雪諾，發現她滿臉通紅，呈現呆滯狀態。

多虧這件耐寒耐熱的戰鬥服，我還能再撐一會兒，但這傢伙已經相當危險了。

聽到海涅的疑問，雪諾猛然回神，似乎覺得再這樣下去不太妙，於是連忙站起身。

「今、今天就先放妳一馬！……走了，六號，繼續待在這裡會鬧出人命！」

「可惡，給我走著瞧！」

我跟著步履蹣跚的雪諾，撂下一句惡人手冊裡的狠話後，就揹著電暖爐走出房間。

穿過大門的瞬間，後方傳來了海涅錯愕的低語。

「……我真的敗在這種人手下嗎……」

——○月□日。

杜瑟帶著冰淇淋來慰勞海涅。

「我帶吃的來了。怎麼樣，海涅，工作很辛苦嗎？」

「杜瑟大人，現階段沒什麼問題！我已經習慣這種酷熱，而且也得到了許可。要是那玩意兒再來妨礙我工作，我可以毫不留情地放火燒他。」

海涅指著我這麼說。

把人說成「那玩意兒」的海涅將杜瑟帶來的冰淇淋吃進嘴裡，頓時容光煥發。

「杜瑟大人，雖然這裡的人都不太正經，但食物卻美味至極呢。」

「是呀，這裡的食物真的很可口。不過這裡的人都很善良啊？」

聽到杜瑟這句超瞎發言，海涅正苦惱著該不該認同。

海涅雖然對杜瑟忠心不二，唯獨這一點無法退讓。

「六號先生，你在這裡做什麼？」

「我在監視海涅啊……這只是表面說詞啦。只要有我在，其他戰鬥員應該就不會來騷擾海涅。那些傢伙對女人相當飢渴，天曉得會做出什麼事情。」

「我覺得你才是不知道會惹出什麼好事的頭號嫌犯……而且你現在在看哪裡啊……」

聽到海涅這句失禮至極的話，我依然緊盯著她。

「當然是妳的屁屁啊。穿這種幾乎全裸的衣服，該不會叫我不准看吧？妳現在可是如月的奴隸，妳的屁屁就是大家的屁屁。」

「呃，不准看。我的屁屁就只屬於我啦……杜瑟大人，這樣您還要說這裡的人都很善良嗎？這傢伙太危險了，別跟他走得太近。」

聽了我們之間的對話，杜瑟輕聲一笑。

「你們看起來好像很合得來呢。」

「就算是杜瑟大人，這話也說得太過分了。這個男人是我的敵人。」

「很好，放馬過來啊。從今以後我不僅要把妳當成如月的嘍囉拚命使喚，還要跟妳做個了斷。」

杜瑟果然是有眼無珠。

我跟蘿絲在一起時，也被她說過看起來像兄妹。她可能是個不食人間煙火的人吧。

「……你認真的嗎？我現在有龍族的魔導石，你覺得區區人類打得贏我嗎？」

「哎呀～妳說了『區區人類』這四個字。這可是邪惡組織手冊中絕對不能說出口的台詞啊。妳肯定要輸了。」

…………

「雖然搞不懂你在說什麼，但聽得出你在嘲笑我。這麼會說的話就出來單挑啊！我要用龍族的魔導石把你燒成灰炭！」

「正合我意啦！我這裡還有前魔王小瑟在，怎麼可能輸給妳這小小的前四天王呢！」

「咦咦！」

自然而然就加入戰局的杜瑟發出驚呼。

「為、為什麼杜瑟大人要下場啊！這是你跟我的單挑吧！」

我狀似親暱地攬住杜瑟的肩膀。

「小瑟、小瑟，妳的前部下一直纏著我耶。可不可以狠狠唸她幾句啊？否則我會怕怕，擔心某天會被她偷襲，只敢在晚上睡覺耶。」

「呃……海涅，別一直纏著六號先生……」

「杜瑟大人，別被這小子隨口胡謅的謊言迷惑，是他一直找我麻煩！還有你，不准隨便碰杜瑟大人！再繼續跑來礙事，我會跟愛麗絲告狀喔！」

海涅面紅耳赤地瘋狂抗議。要是她一狀告到愛麗絲那裡去，就有點傷腦筋了。

「真拿妳沒辦法，今天就先放妳一馬吧。小瑟，沒事的話要不要陪我玩玩？就是我們兩人獨處時常玩的那個。」

「好，如果你不嫌棄的話，我樂意奉陪！」

差不多想把那個垃圾遊戲破關，讓心裡舒坦一些了。

我正準備將點頭同意的杜瑟帶離現場時，海涅急急忙忙地說道：

「杜、杜瑟大人？那個、兩位獨處時、常玩的遊戲到底是……」

我將手搭在杜瑟肩上，轉頭看向行跡莫名可疑的海涅。

「沒什麼啦，就只是在小瑟的指導下做各種事而已。好，我想快點解決來個痛快，趕快走吧。」

「說得也是。雖然一開始懵懵懂懂，但最近我也漸漸樂在其中呢。」

「！」

——○月△日。

其中一個路人戰鬥員大喊：

「性感！海涅小姐實在太性感了！」

一群打混摸魚的戰鬥員將我的療癒聖地發電廠擠得水洩不通。

「啊啊，褐色肌膚的巨乳姊姊香汗淋漓……」

「來到這顆星球簡直棒呆了……我再也不想回地球了。」

滿臉通紅的海涅一邊聽著這些聲音，一邊製造火焰，彷彿在遷怒似的。

在海涅身邊興高采烈地高聲尖笑的人則是──

「哈哈哈哈哈哈！看啊，六號，賺翻啦！怎麼樣，我很有生意頭腦吧！」

雪諾緊抱著裝了參觀費的箱子，露出幸福洋溢的笑容。

這個女人居然開放眾人參觀海涅的屁屁。

對此，我也不得不說聲：果然很有生意頭腦。

這時，默默製造火焰的海涅低聲說：

「……我把話說在前頭，要讓大家欣賞我的屁屁，就得讓我吃紅。」

被眾人圍觀也是無可奈何──大概是放棄抵抗了吧，她似乎決定至少要拿點好處。

該說她不愧是前四天王嗎？她可能比我想像中還要堅強。

那群路人戰鬥員乖乖地排成橫列，抱膝坐著觀看雪諾和海涅的對話過程。

「我要在下次的幹部問卷調查中加入海涅小姐。她姑且也算是幹部嘛，雖然是前任的……魔王軍幹部。」

「我也要、我也要。」

「對了，她好像是如月的奴隸耶。換句話說，可以對她做色色的事嗎？」

「在這顆行星，好像不能對奴隸做色色的事。」

「不能做色色的事，那還算什麼奴隸啊！我們為什麼不把海涅小姐擄來當戰俘，明明可以假借訊問的名義做各種事！」

「笨蛋笨蛋，六號這個大笨蛋！有你出馬，應該可以做得更好吧！」

這些路人戰鬥員開始大放厥詞。

「這不能怪我，原因出在莉莉絲大人身上。因為莉莉絲大人想都沒想就把魔王殺了，事情才會變得這麼複雜。」

「在下次的問卷調查中，把莉莉絲大人打負分吧。」

「我也要、我也要。」

「你們真的很吵耶！要妨礙我工作的話就滾一邊去！我可是在認真幹活耶！」

當海涅終於大發雷霆時，杜瑟帶著食物過來了。

「怎、怎麼了，海涅？這到底是什麼情況……」

看到戰鬥員們和樂融融地抱膝坐在地上，杜瑟忍不住歪頭。

「杜瑟大人，這些人居然以欣賞我的屁屁為樂。這個白髮女甚至還收取參觀費……！」

海涅對杜瑟打小報告，雪諾聽了卻嗤之以鼻。

「哼。讓大家觀賞在戰爭中落敗的魔族，有什麼問題嗎？妳的屁屁賺來的錢，我會拿去補貼本國的戰爭受害者。這樣妳就沒意見了吧？」

雖然這些理由都很荒唐，但海涅似乎對賠償金遠遠不足這件事深感內疚，便一臉懊悔地閉上嘴巴。

嘴上說得義正詞嚴，但我知道雪諾在打什麼主意。

她應該會把失去魔劍的自己也歸類為戰爭受害者，將所有錢中飽私囊吧。

這時卻發生了一件出乎意料的事。

「……原來是這麼回事。那就讓我代替海涅，脫光光讓大家看個夠吧。再把賺來的所有款項捐給各位被害者——」

說著說著，杜瑟就毫不遲疑地將手伸向身上穿的衣物……

「這孩子怎麼忽然說這種話！小瑟！小瑟啊！」

「杜瑟大人，別把那個白髮女說的話當真呀！……啊！」

「雪諾小姐捲款潛逃了！」

「一定是因為事情鬧得比想像中還要大，所以她害怕了！誰快把愛麗絲叫過來，我要將這件事一字不漏地向她告狀！」

——〇月〇日。

再繼續妨礙海涅會拖累討伐砂之王的計畫，因此傷勢痊癒的蘿絲被指派為海涅的保鑣。

而且蘿絲也會一起噴火，協助發電工程。

由於海涅腦筋轉得快，在四周建起圍籬，因此也沒有人跑來參觀了。

至於我呢，因為愛麗絲依然不給我零用錢，所以也不能出去玩。

前陣子雪諾會蒐集三跳蛙的卵，不如我也來如法炮製。

感覺會請我吃飯的格琳現在還沒活過來。

毀滅者閣下的充電率已經來到百分之八十了。

雖然在這種狀態下也能驅動，但依照製作者的喜好，毀滅者閣下被設計成實力會隨著電量有所改變。如果情況允許，我想讓它以百分之一百二十的力量迎戰。

海涅日復一日地製造火焰。在杜瑟的協助下，我正在攻略的那個垃圾遊戲差不多也要進入尾聲時……

毀滅者閣下的電量終於充滿了——

【中間報告】

基地小鎮正在順利擴建中。

淨水設施和火力發電廠近期已建造完畢，讓我們的生活品質逐日上升。

幸好兩座設施的能源都相當環保，不需任何費用。

毀滅者閣下的電量已充滿，因此明天我們就要去打倒砂之王。

我們還設立了一項「海涅基金」，所得會全數捐給戰爭受害者。

在愛麗絲的提議下，雖然也設立了「雪諾基金」，但這邊的募資狀況就不太樂觀。我想應該是模特兒相差太懸殊了。

請替我轉告莉莉絲大人：那個垃圾遊戲終於變得有點好玩了，有續作的話記得傳給我。

不過，在遊戲謎題中居然出現了費馬最後定理，未免也太扯了吧。

小瑟想了老半天，結果愛麗絲瞄一眼就馬上解決了。害小瑟又開始自虐地認為自己幫不上忙對不起全世界，讓我傷透腦筋。

那麼，如果能成功打敗砂之王，我會再與各位聯絡。

報告者　戰鬥員六號

最終章 壞蛋們的誕辰紀念

1

在離基地有段距離的荒野中，毀滅者閣下的龐然巨體顯得大放異彩。

這附近毫無人煙，正是與砂之王對決的戰鬥預定地。

我們在預定地設置了絆住砂之王的鋼絲陷阱，並在正中央放了愛麗絲調製的誘餌。

「隊長，那個可以分我吃一點嗎？」

「那是用來引誘砂之王的餌食。隨便亂吃小心吃壞肚子。」

蘿絲含著手指，虎視眈眈地看著放在荒野中的誘餌。

這次是總體戰。除了尚未甦醒的格琳外，所有能戰鬥的人都傾巢而出了。

……或許是蘿絲飢餓難耐的模樣讓人不忍卒睹，杜瑟拿出了某樣東西。

「這是六號先生給我的營養口糧，不介意的話——」

「我要開動了。」

杜瑟話還沒說完，蘿絲就伸手拿走那個隨身口糧了。

她好像已經跟杜瑟相當親密，基本上都在杜瑟那裡睡覺。

魔王血脈果然會散發出合成獸喜歡的氣味嗎？

……這時，海涅不知為何露出嫌棄的眼神看著我們設置的陷阱。

「……喂，六號。以前我們攻打王城的時候，魔導石就在我眼前爆炸了。那也是你設下的陷阱嗎？」

「……？我不記得自己做過那種事耶。」

「咦？是、是嗎？看起來不像在撒謊。不、不好意思……？」

海涅一臉難以釋懷的表情，開口向我道歉。

不知為何，愛麗絲用看著珍禽異獸的眼神看著我。

「吶，愛麗絲，別用那種眼神看我好嗎？」

「……喔，抱歉。我在思考你的記憶容量到底有多少。」

愛麗絲說了些令人費解的話。我沒理她，繼續確認遍布荒野的陷阱位置。

只要失足一踩，鋼絲就會立刻收緊，將對方牢牢地綑綁起來。這就是鋼絲陷阱。

愛麗絲看著設置完畢的那些陷阱，心滿意足地點頭。

「今天的誘餌是用肉食野獸喜歡的成分調製而成。這下子砂之王肯定會——」

愛麗絲話還沒說完，就傳來了喀嚓一聲。

我循聲望去，發現陷阱抓到了被誘餌引來的肉食野獸——虎男。

「太棒了，愛麗絲。這樣砂之王應該也會上鉤。連虎男先生都一頭栽進去了。」

「虎男，我要揍飛你喔！來人啊，把他扔到一邊去！」

被鋼絲緊縛的虎男喵喵叫個不停。愛麗絲則雙手環胸，放大音量喊道：

「這次的作戰計畫雖然已經講解過好幾次了，但還是有人讓我放不下心，所以我再複習一次！」

聽到這句話，我頻頻點頭稱是。

戰鬥員基本上都是些呆瓜，自然得將作戰計畫講解無數次。

「等砂之王挖洞現身，被誘餌騙過來的時候，戰鬥員就把速乾水泥灌進牠用來逃脫的洞穴裡。虎男、蘿絲、杜瑟和海涅四個人，負責保護採取行動的那群戰鬥員。讓砂之王無法逃脫後，剩下的就交給我處理。」

雖然我幾乎把作戰計畫忘得一乾二淨，但經愛麗絲重新說明後，我忽然發現一件事。

「吶，愛麗絲，我沒有被編進作戰計畫當中耶。」

「你是戰鬥員吧，去灌水泥啊。」

……………

「等一下，那是路人戰鬥員的工作吧！我想要更大的排場！簡單明瞭又可以立功的那種！」

我說完之後，雪諾也向愛麗絲提出控訴。

「愛麗絲，也沒我的名字耶！如果沒辦法立下功勞，我哪有臉去見緹莉絲殿下……！」

「畢竟妳是基本能力相當優秀的人類，不管在哪裡做什麼都行，但小心別把命給丟了。要是妳死了，緹莉絲又會找我碴。」

「我們都認識這麼久了，妳對我就沒有一點私情嗎……哼，護衛工作可是近衛騎士團的專長！只要隨便找個人來保護就行了吧？那我就四處巡視，在危急時刻出手救援！」

雪諾對我們說完這些話就氣呼呼地站到旁邊去了。

當所有人各就各位後，我便理所當然地環起雙臂站在原地。愛麗絲用看著珍禽異獸的眼神盯著我瞧。

「……妳那是什麼眼神啊？我好歹是分部長，也是妳的搭檔喔。」

「……不。雖然相處了這麼久，但只有你不論何時都如此自由，讓人摸不清行動模式。算了，你想怎樣就怎樣吧。放任你自由行動，偶爾會得到出乎意料的戰果。」

得到愛麗絲的允許後，我對準備就緒的所有人厲聲喊道：

「這一戰可是賭上了小瑟和魔族的未來，給我全力以赴！」

「你沒資格說這種話啦！快過來這裡準備！」

我態度傲慢地為眾人送上聲援時，其中一名同事忽然察覺到一件事，便高聲說道：

「……啊啊，原來如此。他的惡行點數還是負值，沒辦法傳送速乾水泥啊。」

「「「「…………………………」」」」

同事一語中的，讓我無可反駁。

「遜斃了！那個臭小子居然因為這種理由脫離戰線！」

「呀哈哈哈哈，你就在那邊好好觀賞吧，分部長大人！」

「如果你說『求求你施捨給我』，我可以分一點速乾水泥給你喔！」

那群路人開始在遠處對我冷嘲熱諷。而我默默地下定了決心。

「很好。趁戰鬥期間把那群人收拾掉，偽裝成意外事故吧。」

「你們這些戰鬥員為什麼這麼喜歡互相叫囂啊？是因為同類相斥嗎？」

正當我和愛麗絲談論這些話題時——

我感覺到腳下傳來微弱的震動，隨即抱著愛麗絲往旁邊一跳。

與此同時，腳下的大地忽然像爆炸般瘋狂隆起——！

「啾啾啾————！」

野生的砂之王出現了！

2

我將愛麗絲放下來後，她大吼一聲：

「作戰開始——！」

沒想到砂之王居然會從我們的腳下現身，不過還是先離牠遠一點比較好。

我和愛麗絲不敢放鬆戒心，慢慢地和砂之王拉開距離。

「喂，愛麗絲，別叫那麼大聲。這傢伙的聽覺不是很靈敏嗎？妳這麼瘦弱，要是牠撲過來的話，肯定一擊就幹掉妳了。小心為上。」

「放心吧，到時候我就讓牠吃不完兜著走。我會讓內建動力爐失控，拉牠一起陪葬。」

我就是擔心這一點啦！

「啾啾啾……」

砂之王動動鼻子嗅聞，往誘餌湊近。

牠應該有聽見我們的聲音，但現在整顆心都放在誘餌的香氣上。

「喂，愛麗絲，虎男先生還在鋼絲陷阱裡掙扎耶！」

「讓他去當砂之王的誘餌吧。這是他自作自受，別理他。」

沒血沒淚的仿生機器人拋下這句話，就往毀滅者閣下那裡直奔而去。

杜瑟則跑去不停喵喵叫求救的虎男身邊進行救援。

見狀，所有人也想起了自己的職責所在，立刻展開行動。

來到虎男身邊後，杜瑟依序解開纏在他身上的鋼絲——

「杜瑟大人！小心後面！」

宛如在回應海涅的呼喚般，杜瑟轉向後方的同時，用力揮出一拳。

「魔王拳！」

「啾！」

伴隨著猛烈衝擊波的攻擊，讓砂之王發出一陣短促的哀號，龐然巨軀也隨之傾倒。

那不是用腳使出的魔王拳啊，我還是第一次見識。

「幹得好，小瑟喵。再來就包在我身上喵。」

鋼絲被解開後，虎男中途就自行掙脫站了起來，將脖子扭得喀喀響。

明明是自己跳進火坑的，現在卻擺出這種有點可靠的姿態，真令人火大。

是說砂之王好像聞到鋼絲陷阱的氣味，知道這是陷阱，因此並沒有上當。

這麼說來，連地鼠都能避開的陷阱，這個人卻中計了啊。

……在這段期間，那群戰鬥員抵達了砂之王挖的洞穴，開始灌速乾水泥了。

「砂之王衝過來了！」

正在往洞裡灌水泥的其中一個同事發出警訊。

發現是陷阱後，砂之王似乎準備脫逃。

可是……

「哎呀，這裡無路可走了喵！無論如何都要從這裡通過的話，就把值錢的東西留下來喵！但我知道你身上不可能有那東西喵！」

「我要用火焰把你燒得連骨頭都不剩！別以為可以輕鬆上路！」

「你們撂下這種台詞，感覺好像在做很殘忍的事耶……」

三位武鬥派擋住了砂之王的去路。

海涅放出火焰牽制後，虎男一口氣拉近了距離。

「吼嚕嚕嚕嚕嚕嚕！」

「啾啾啾！」

砂之王和虎男都明白雙方的實力，小心謹慎地互瞪著彼此。

這時，躲在虎男身後的蘿絲踩著虎男的背躍向空中。

「臣服於吾之雷霆之下吧！」

蘿絲喊出了某些話，同時撲向砂之王。

「永遠長眠吧！蒼藍之雷！」

她的犄角發出蒼藍的光芒，電流在全身上下奔竄。

砂之王似乎對電擊這種攻擊方式一無所知，嚇得渾身一震，急忙將蘿絲揮開。

被砂之王粗暴地揮開後，蘿絲摔倒在地。我向她伸出援手並問道：

「蘿絲，妳什麼時候學了這個新招？」

「愛麗絲小姐說『讓妳吃吃高級料理』，就請我吃了一種叫『鰻魚飯』的東西。之後我就會發出這種電流了。」

那雖然也是鰻魚，但應該是頭部帶電的那一種吧……

我將蘿絲扶起後，虎男和海涅就對動作明顯變遲緩的砂之王施加攻擊。

「看來牠好像全身麻痺，動作不靈光了喵！」

「這下正好，我現在就把牠變成烤肉！」

兩位武鬥派的猛烈攻擊讓砂之王頻頻後退。

但虎男和海涅擋在逃脫用的洞穴前，戰鬥員又在他們身後進行埋洞作業。

可能明白自己無路可逃了，砂之王用兩隻後腳站起來。

只消一擊，牠前腳尖的利爪連強韌的戰鬥服也能撕裂。光看一眼，先前那種能輕鬆取勝的氛圍就消散殆盡。

「……哦，真的很巨大喵……」

「……我、我們的工作是保護逃脫用的洞穴和戰鬥員吧。讓後面的人跟牠交手就行了吧……？」

宛如小型高樓的巨軀讓兩人不禁無言以對。這時傳來一道嗓音回答了海涅的疑問。

『哦，各位辛苦了。洞穴好像也埋好了，剩下的就包在我身上。』

愛麗絲的聲音從揚聲器傳了出來，隨後是大型引擎引發的重低音。只要是如月的相關人員，一定都知道這是什麼聲音。

巨大多腳型戰車毀滅者閣下擋住了砂之王的去路。

砂之王已是四面楚歌，周遭全是要獵殺自己的敵人。

「啾啾啾啾～～～～！」

砂之王發出一聲尖銳巨吼後——

『正合我意，混帳地鼠。擊退怪獸可不是英雄的專利啊！』

互相對峙的毀滅者閣下和砂之王……

『別小看科學的力量！』

「啾————————！」

在離基地小鎮有段距離的荒野正中央，一場怪獸對決正式引爆——

3

我們返回基地後，第一件事就是清洗本次功勞最大的毀滅者閣下。

「果然還是毀滅者閣下最強，區區地鼠根本算不了什麼。」

科學絕對主義者愛麗絲心滿意足地撫摸著毀滅者閣下的機體。

——給魔族和鄰近諸國帶來威脅，長年釀禍的砂之王，和毀滅者閣下激戰後被打敗了。

牠的外表明明那麼可愛，不過不愧是令人聞風喪膽的大魔獸，一直奮戰到最後一刻……

努力和那種怪物對打的毀滅者閣下讓我肅然起敬。

「毀滅者閣下也遍體鱗傷呢，至少用飯粒幫忙填補一下吧。」

「你想對毀滅者閣下做什麼，小心我殺了你。我來修補它的傷痕。雖然會花點時間，但我會把它的機體打理乾淨，亮到可以映出人臉的程度。」

愛麗絲對毀滅者閣下展現出異常的執著，最近還強迫我們也要以「閣下」尊稱。同樣都是機器人，她或許很在乎毀滅者閣下吧。

……砂之王跟毀滅者閣下激戰過後，不知為何馬上安分下來的海涅向毀滅者閣下深深低頭。

「你就是毀滅者閣下嗎？謝謝你替我們打倒砂之王。你平常一動也不動，我還以為你是個懶惰鬼，但我錯了。你為魔族實現了長年的宿願，我對你由衷感激。」

說完，海涅再次向毀滅者閣下低頭道謝，但她好像有點會錯意了。

這麼說來，當時羅素駕駛巨大機器人跟毀滅者閣下戰鬥時，她老早就退場了。

我正想向她解釋，毀滅者閣下是類似魔像的存在時——

「毀滅者閣下說，多虧妳的電力，它才能打倒砂之王。用品質良好的火焰製造的電力似乎格外美味。」

「真、真的嗎？這樣啊，是我的火焰……」

愛麗絲開始對懵懂無知的當地人灌輸愚蠢的知識，但除了我以外的如月相關人員現在都在籌備慶功派對。

因此現場只有我、愛麗絲及海涅。

機會難得，就跟著愛麗絲起鬨好了。

「毀滅者閣下是我們的終極祕密武器，平常都在休眠。因為海涅在發電廠努力工作，毀滅者閣下才能變得這麼強。」

「真的嗎！……好，我知道了。往後我也要在這座設施裡認真工作！」

「這樣啊，毀滅者閣下也說『以後請多多指教』。它還請妳不要太勉強，並請我們按照約定增加妳的休息時間，作為這次的獎勵。」

聞言，海涅的眼中落下了串串淚珠。

「毀滅者閣下……」

看樣子她跟我和蘿絲一樣，是頭腦簡單、四肢發達的傢伙。

腦海中從剛才就不斷傳來惡行點數增加的語音。有了這些點數，差不多就能擺脫負值狀態了。

……當我正和愛麗絲一起玩弄海涅時，杜瑟從基地小鎮走過來。

「那個，派對似乎已經籌備完畢，我來請各位前往……」

「哦，是嗎？我把毀滅者閣下清乾淨之後就過去。」

聽到這句話，杜瑟說「那我也來幫忙」，並露出一抹微笑。

「我也要幫忙！毀滅者閣下似乎累得睡著了。我要把它整理乾淨，讓它醒來之後大吃一驚！」

「咦……？呃、海涅妳在說什麼……？」

杜瑟應該知道毀滅者閣下是類似魔像的存在，因此聽到海涅的發言，她顯得一臉困惑。

「──那麼，在祕密結社如月成功討伐砂之王的慶功派對開始之前，由我先向大家說幾句話……」

在基地小鎮設置的派對會場中，我正手握麥克風，準備帶領眾人乾杯……

「別裝模作樣了，動作快一點！」

「我想早點開喝，致詞就免了，快點乾杯！」

那群路人戰鬥員紛紛拋來無情的怒吼。

我可能真的要找時間跟這群傢伙做個了斷才行。

「知道啦，少囉嗦！那就為你們這群弱到爆的雜碎戰鬥員毫無死傷的稀奇現象，以及慶祝討伐砂之王……乾杯！」

「乾杯……個屁啊！我們的死亡率哪有這麼高！」

在亂七八糟的乾杯致詞後，玻璃杯的敲擊聲此起彼落。

今天的派對是在基地小鎮的廣場中陳列長桌，採立食自助餐的形式。

移居至此的魔族眾今晚也與我們一同乾杯。

砂之王被打敗後，他們就正式成為這裡的居民了。

因此必須趁現在和他們多多交流。

話雖如此……

「魅魔，有魅魔耶！那位虎牙尖尖的小姐是吸血鬼嗎！天哪！這顆行星太讚啦！」

「可惡，這裡根本是獸人控的天堂……！到處都毛茸茸的……！」

「聽說葛瑞斯王國因為戰亂導致男丁稀少，但魔族的男女比例好像也差不多耶……我好想當這顆星球的人喔……」

從盯著魔族猛看的戰鬥員看來，就算放著不管，他們應該也會自動變得要好吧。

魔族那邊也都圍著大顯神威的虎男，將他捧上了天。

「您叫做虎男大人嗎？聽說您為了讓千方百計想逃跑的砂之王無路可跑，直接擋在牠的正前方啊！」

「虎男先生，您的胸毛好茂密啊……我可以摸摸看嗎？」

「虎男大人，跟我們聊聊天嘛……啊啊，魅魔的誘惑也無法讓他屈服，真是堅定的男子漢……這就是英雄啊……」

魅魔大姊姊不停用胸部擠向虎男，他卻意興闌珊地將杯中的啤酒一飲而盡。

或許是對這種冷漠的反應感到新奇，只見對自己信心滿滿的魔族都拚命搭訕虎男，想讓他栽在自己手中。

蘿絲（捕食者）和半獸人（被捕食者）比鄰而居，大口享用美食。前來道謝的莉莉姆少女卡謬則被虎男熱情的視線緊緊鎖定。

我在亂成一團的會場內獨自用餐時，杜瑟來到我身邊說道：

「六號先生，今天真的很感謝你。這裡的魔族們能找回往日的笑容，也都是各位的功勞。我們本來是侵略者才對，該怎麼向你道謝才好呢……」

杜瑟還是這麼客氣。我一手拿著帶骨肉對她說：

「小瑟，妳真是死腦筋耶。只要一句『謝謝你的幫忙，以後也請多指教』就好了。我們這些專職打架的戰鬥員應該會變得很閒，到時候玩遊戲就麻煩妳支援嘍。」

「好，我很樂意！……啊啊，不……那個……」

杜瑟本來一口答應，說到一半卻變得含糊其辭。

……啊啊，原來如此。砂之王被打敗後，我們雖然能空閒一陣子，但像杜瑟這種擅長文書工作的人，反而才要開始忙碌。

「也對，小瑟是基地往後最需要的人才嘛。但我是妳的恩人，不能隨便打發我喔。妳至少要陪我玩完現在攻略的這個爛遊戲。我是這裡的分部長，這件事我可不會退讓。」

聽到我這番任性的發言，杜瑟露出了前所未有的欣喜面容，卻又透出一絲落寞……

「我知道了，只要幫你攻略那個遊戲就行了吧？」

「好，就這麼說定了。說好了就不能反悔喔？對自己不利的約定我會馬上忘掉，但這種我一定會記得一清二楚。」

就在此時……

「不必道謝啦，杜瑟。跟砂之王的那一戰，這傢伙根本毫無貢獻。」

明明酒量很差，雪諾還是拿著酒杯，對我和杜瑟說這種話……

「還是有點貢獻好嗎！砂之王出現的時候，我有保護愛麗絲耶！真要這麼說的話，妳才是毫無貢獻吧！只在一開始大逞威風，中途跑到哪裡去了！」

「閉嘴，我就是來解釋這件事！……那個，砂之王現身時，我不是還在你們旁邊嗎？」

雪諾湊近我耳邊，悄悄地說了幾句。

「當時我有點大意了，那個……」

……？

「啊啊！難不成妳在砂之王出現的時候被捲入其中，當場昏倒了吧！」

「喂，小聲一點，會被大家聽見！所、所以，這樣我會沒臉面對緹莉絲殿下！呃，視情況而定，搞不好還會被炒魷魚……」

……………

「怎麼，妳是要我把拯救愛麗絲這點僅有的功勞讓給妳嗎？沒立功的話，我也會很傷腦筋耶，求我也沒用！」

「不是……！我的意思是，如果我被開除、無處可去的話，我也想像蘿絲和格琳那樣。就、就是……！」

像蘿絲和格琳那樣，是怎樣？

應該不會像格琳那樣，老是吵著要我娶她、養她一輩子吧？

……自顧自被逼到死角的雪諾狠狠地瞪著我說：

「你怎麼這麼遲鈍！不對，鈍的是你的腦袋嗎？一般只要說到這個份上就能懂了吧！」

「這傢伙幹嘛忽然血口噴人啊！難道是惱羞成怒了嗎！」

「為什麼這裡的人總是一見面就吵架呢？請你們至少在這種時候好好相處嘛！」

杜瑟連忙出面勸架。但先不論雪諾，戰鬥員這個集團就是飯桶和小混混的群聚地，這點程度頂多算是小打鬧而已。

「看在小瑟的面子上，今天就先饒妳一命，下不為例。聽見沒有！」

「看、看你這副德性，有時候我還挺羨慕你的。如果我也能像你這樣，想說什麼就說什麼，活得自由自在，該有多快樂啊……」

看到我們暫時和解後，杜瑟鬆了一口氣。

「小瑟，妳真的是個乖寶寶耶，再放鬆一點啦。喏，遊戲借妳，工作偷懶的時候可以玩喔。」

雖然沒有要她變得像我們一樣，她應該多學點玩樂的技巧。

我把莉莉絲的遊戲機拿給杜瑟。

「呃，不，工作偷懶應該不太好吧……但你說得對。這個遊戲可以借我一陣子嗎？玩一週就還你……」

「何止一週，借妳一輩子也行。反正我也打算每天去妳辦公室玩。」

收下那個爛遊戲後，杜瑟似乎很開心地開口道謝。

「一週就夠了──過去真的非常謝謝你，六號先生。」

杜瑟將那爛遊戲無比珍惜地抱在懷裡，幸福洋溢地笑了。見狀，我心中莫名有些忐忑。

沒錯，就像看到俗稱的死旗似的。

「小瑟……」

「杜瑟，妳在這裡啊？」

我正想說些什麼，愛麗絲卻忽然現身。

她似乎將毀滅者閣下擦得亮晶晶的作業交給海涅去做了。

「愛麗絲小姐，時間到了嗎？」

「是啊，時候到了，我們走吧。喂，雪諾，妳也一起過來。」

到底是什麼時間到了？

我本來也想一起跟過去，卻被杜瑟阻止了。

「我只是要完成最後的工作而已，六號先生，你就留在這裡吧。」

原來如此，她要去把今天的文書工作做完啊。

雪諾是因為這次沒什麼貢獻，才要跟過去一起幫她處理吧？

「小瑟，明天見。」

我朝著她的背影喚了一聲，杜瑟回過頭來看了我一眼。

「……好，明天見。」

她有些為難地皺緊眉頭，面帶苦笑這麼說。

……目送那道小小的背影漸行漸遠時，我忽然想起杜瑟收下那個爛遊戲時說的那句話。

『一週就夠了——過去真的非常謝謝你，六號先生。』

她為什麼要用過去式說這句話？

簡直就像最後的道別。

等她工作結束後再問清楚好了。我雖如此心想……

——杜瑟被愛麗絲帶走後，就再也沒有回基地了。

要在葛瑞斯王國舉行盛大的祭典，慶祝成功討伐砂之王，同時還要處決魔王。這些消息傳出來時，都已經是隔天的事情了——

4

在沙發上用毛毯裹住自己的蘿絲對在辦公室來回走動的我說：

「隊長，冷靜點。找愛麗絲小姐問個清楚吧。」

「那個愛麗絲就是沒回來啊。是說妳在幹嘛啊？說，那條毛毯是誰的？」

昨晚愛麗絲和杜瑟去的地方似乎是葛瑞斯王國的王城。

今天一早，就宣布要舉辦砂之王的討伐祭典，以及魔王的處決儀式……

「這是杜瑟小姐的毛毯。我跟羅素先生互搶，最後我搶贏了。用這條毛毯包著身體，就覺得很平靜。」

常常黏著杜瑟的兩隻合成獸今天也一早就心神不寧。

感覺最不知所措的海涅此時正窩在發電廠內專心發電。

她現在應該想跟在發電廠旁充電的毀滅者閣下求助吧。

不，被關在魔王城地牢時，海涅就隱隱約約知道會有這種結果了。

她或許是想藉由認真工作，讓自己不要多想吧。

「妳當時在睡覺所以不知道，但我第一次見到小瑟時，她就說過一切結束後希望被葛瑞斯王國處刑了。我當時以為她想為戰爭負起責任，結果她是認真的……」

杜瑟每天都在找事情做，性格嚴謹，總是全力以赴。但她可能打從一開始就想赴死，才會每天都活得這麼拚命。

……這時，有人敲了敲辦公室的門。結果是虎男從門後現身。

「哦，六號，過來一下。我要在餐廳召開緊急會議。」

虎男先生的表情嚴肅至極，甚至忘記在語尾加上喵字，並指著門外說道。

「——哦，你們已經聽說了嗎？好不容易打倒了砂之王，情況卻變得不太尋常喵。」
虎男站在如月相關人員的正中央這麼說。
「杜瑟小姐怎麼會被處刑呢？葛瑞斯王國那些人把寶貴的美少女當成什麼了？」
「她真的是個好孩子。溫柔又有常識的美少女，在如月根本是天方夜譚啊……」
「不，她好像也沒什麼常識。前陣子我對她說『唔嘿嘿嘿嘿，小姐，今天穿什麼顏色的內褲啊？』當作問候，她居然打算直接說出來耶。」
最後說出這句話的戰鬥員被在場眾人群起圍毆。
這時，在餐廳裡攪動鍋中物的羅素傻眼地開口說：
「你們冷靜一點。愛麗絲還沒回來，我們也不知道發生了什麼事。距離處刑還有一點時間，現在應該先靜候愛麗絲的消息。」
「羅素先生，你也該冷靜點吧。你從剛才就在鍋子裡攪來攪去，但你根本忘記把食材放進去了。」
蘿絲身上還纏著杜瑟的毛毯，對羅素開口吐槽後，他就安靜下來了。
儘管有失禮數，我還是站在桌面上，高舉手臂大聲說道：
「但最關鍵的愛麗絲真的會回來嗎？這是葛瑞斯王國向我們下達的戰帖！小瑟是我們在

戰爭中取勝後得到的俘虜，憑什麼非得在葛瑞斯王國接受處刑呢！美少女可是貴重的資源及財產！既然他們搶了我們的財產，就只能用戰爭解決了！」

「難得六號也會說出這麼有道理的話！沒錯，我們是邪惡組織！想要什麼就搶過來！」

「嘿嘿嘿嘿，終於有點邪惡組織的感覺了。來到這顆行星後，我一直過著安逸頹廢的生活，就讓我久違地大鬧一場吧……！」

這些骨子裡像極了小混混的戰鬥員毫不猶豫地贊同我的提議。

再來就看說話很有分量的虎男意見如何了……

「失去小瑟喵的話，不管未來得到了多厲害的魔導石，我都無法變回小學生。只要還有一絲可能性，我就不會放棄喵。」

虎男說的話讓人一頭霧水，也不想深究，不過他似乎也贊成要救出杜瑟。

「受不了，你們這些人真的很傻耶。只派你們出馬實在讓人有點不安，我這魔王軍四天王——水之羅素，就助各位一臂之力吧。總覺得最近有種被看扁的感覺，我就來告訴葛瑞斯王國的人，我到底是什麼狠角色吧。」

「羅素先生，你剛剛講了一大堆如月的禁忌發言耶。跟我們一起去大概會性命難保，請你乖乖留在這裡煮飯吧。」

不只是虎男，全場都對拯救杜瑟計畫一致贊同。

「很好，這樣就簡單多了！兄弟們，開始準備吧！給我想起如月的本分！就是侵略葛瑞斯王國！我們要把愛麗絲和小瑟搶回來！」

「「「「咿哈～～！」」」」

就在此時——

「一群蠢貨，你們侵略葛瑞斯王國做什麼？那裡又沒什麼貴重的資源。要侵略的話也要選托利斯啊，托利斯。」

只見愛麗絲站在門前，不知道什麼時候回來的。

「妳明明是仿生機器人，怎麼天亮才回家呢！還有，我們是為了搶回小瑟才要跟葛瑞斯王國宣戰，並不是想要那個國家！」

「我就是要你們打消念頭。處死杜瑟是一開始就決定好的事。在這個先決條件下，只要能驅逐砂之王，就讓魔族移居至基地小鎮。我跟緹莉絲就是用這個條件達成協議的。」

不愧是沒血沒淚的仿生機器人，有夠冷淡。

「吶，愛麗絲，妳也覺得有杜瑟在比較好吧？妳不總是把工作推到她身上嗎？聰明如妳，應該有什麼好方法吧？」

「你說得沒錯。如月只有一堆呆瓜，有杜瑟在確實幫了我很多忙。但在戰爭結束後，需要一個簡單明瞭，可以轉嫁責任的祭品。最重要的是，她自己也希望如此，外人根本沒資格說三道四。」

……杜瑟總是一副要犧牲自我的模樣，這確實很像她會說的話。

可是……

「不好意思，我要行使戰爭期間的作戰指揮權了。不准對杜瑟出手。好不容易達成了共識，勸你們不要節外生枝。這一切都是為了如月。」

愛麗絲這番話說得比以往還要強硬，讓在場眾人紛紛閉上嘴巴——

——距離砂之王的討伐祭典還有五天。

這天早上，建於基地旁的訓練場中充斥著格琳的怒吼聲。

「我說隊長！我可不是那麼好哄的女人，用一場約會就能忘掉所有舊帳喔！」

被愛麗絲狠狠訓斥的隔天。

早已在眾人的記憶中消失無蹤，甚至不知何時甦醒的格琳現在情緒非常激動。

「跟我抱怨這些有什麼用？誰教妳每次都在關鍵時刻死掉嘛。這次擊退砂之王的作戰中，如果有妳在的話，應該能更輕鬆打敗牠。」

繼魔王軍那一戰後，連擊退砂之王都沒有自己出場的餘地似乎讓格琳大受打擊。

「……什麼『如果有我在』啊。別以為說這種好聽話就能把我唬弄過去……喏，我做便當來了，要吃嗎？」

我從馬上就被唬弄過去的格琳手中接過便當。

「機會難得，到約會的地方再吃吧。」

聞言，格琳揚起嘴角說道：

「也對，便當是約會的必備要素嘛。吶，隊長，你剛才跟我說的那句『去約會吧』，可不可以再說一百次？」

「才、才不要……」

看到格琳對「約會」一詞表現出如此天真又雀躍的模樣，等一下要帶她前往的地點讓我有點良心不安——

「——我又被隊長騙了！是啊，我知道。隊長只是一時興起才會主動約我，這點我還是知道的！我是第一次被男人主動邀請約會耶，把我的第一次還給我！」

目前位於基地前方的那片廣闊森林中。

「妳在說什麼啊，這是很正式的約會耶。妳沒聽過郊遊這個詞嗎？」

「等一下！採集野草莓或蒐集花卉這些行程還能稱得上郊遊，但是別把這件事說成郊遊好嗎！」

我和格琳正在採集三跳蛙的卵。

聽說外行人無法分辨六跳蛙和三跳蛙的卵，我就找了感覺沒事可做的格琳一起來。

「再說，你怎麼會帶居家派的我出來採集啊！雪諾應該也會分辨啊！」

坐在輪椅上探索森林，的確是挺辛苦的……

「雪諾去了王城還沒回來，我覺得格琳對這方面比較清楚嘛。」

「……因為工作關係，我有時候也會用到魔獸素材啦。真拿你沒辦法，下不為例喔。那你也要幫我採集儀式要用的素材當作回禮。」

這點小忙還是能幫啦。

……喔，我馬上就找到了！

「喂，格琳，這是哪種跳跳蛙的卵？」

我讓格琳看黏在木頭上的黑卵。

「這是三跳蛙的卵，碰到強烈衝擊就會爆炸，處理時要小心一點……不過，雖然聽說愛麗絲不給你零用錢了，但你已經窮到得靠這種副業掙錢了嗎？」

「我最近身無分文，連去葛瑞斯街上玩的錢都沒有。」

格琳苦笑著說：

「……那今天晚上去喝一杯吧？杜瑟的事我也聽說了。你跟她感情這麼好，應該很在乎吧……身為澤納利斯的大司教，這種時候就好好安慰你一下吧。」

「……好。」

我並不是要跟格琳討拍。

只是想問問她三跳蛙卵的相關知識而已——

——距離討伐祭典還有三天。

住在基地小鎮的魔族眾開始跟我們討工作做了。

看到杜瑟和海涅認真工作的樣子，他們覺得不能只有自己如此逍遙自在。

或許是判斷刺激魔族並非良策，杜瑟要被處刑一事至今尚未告知魔族。

工作忽然暴增後，愛麗絲對我們這些戰鬥員抱怨：「如果這種時候有人能處理文書工作就好了……」

我們又看不懂這顆星球使用的文字，別強人所難。

說完這句話後，我無奈地聳肩，結果愛麗絲威脅道：「我也可以準備用日文書寫的文件啊，要多少有多少。」

所有戰鬥員則反過來威脅道：「讓我們處理文書工作，妳反而要花大把時間挑錯誤和修正喔。」

聽到這句話後，愛麗絲的臉上寫著「這些傢伙居然自己說這種話」。那個充滿愛麗絲風格的表情實在讓人畢生難忘——

——距離討伐祭典還有兩天。

最近一入夜，虎男就會開始嚎叫，讓人不勝其擾。

現在似乎也依稀可聞，而且今晚的嚎叫聲還增加了。

應該是為了排解失去杜瑟的寂寥吧。

可是三隻野獸嚎叫的聲音未免也太吵了點。

魔獸還可能會被巨大的嚎叫刺激，全都跑到基地或葛瑞斯街道上，能不能請他們別再叫了啊——

「——明天就要舉辦盛大的祭典，慶祝成功討伐砂之王了。預計會在祭典尾聲執行那個儀式，你們最好不要輕舉妄動。」

明天就是討伐祭典了，愛麗絲對我們耳提面命地說著。

雖然不太能接受，但在如月組織中，戰爭期間的作戰指揮權就是聖旨。

在場的人當然都明白這個道理。

沒錯，必須遵守命令系統，組織才得以構成。

現場的所有人都點頭，彷彿在說「事到如今不必特地交代，我們也懂」。於是——

——今晚就是期待已久的砂之王討伐祭典了。

由於今晚的月色十分皎潔，基地裡飼養的三隻野獸叫得比以往還要賣力，不停刺激森林裡的魔獸。

明明是難得的祭典，魔獸卻可能跑到街上來。

身為受僱的戰鬥員，此時當然得守護葛瑞斯的城鎮。

在這股正義感的驅使下——

「我們可是邪惡組織的戰鬥員，誰要遵守命令或規則啊，白痴～～！」

「「「「呀哈～～～～！」」」」

如月的戰鬥員就是這樣。

既然這麼想舉辦祭典，我們就全力協助。

為了見杜瑟最後一面，我拿出因為太過俗氣，平常從沒使用過的面罩，朝葛瑞斯城鎮狂奔而去——

5

杜瑟的處刑儀式似乎要在凌晨換日的同時於城鎮的廣場舉行。

這似乎是用來替祭典收尾的壓軸活動，但在我們這些局外人眼中，簡直低級至極。

我們闖進葛瑞斯鎮上，不顧居民好奇的眼光，所有人都戴著面罩。

「聽好了，自始至終，我們都是為了參觀祭典而正裝打扮的戰鬥員。而且如月戰鬥員不可能在人多的地方添亂。換句話說，等等引發的所有狀況都十分尋常，跟平常沒兩樣。」

一群可疑男子戴著古怪又俗氣的面罩，全都點頭表示明白。

違反命令可是重罪。

不管有多麼講不通，都應該先準備好開脫的藉口。

「那潛入王城的工作就由我……以及最近剛從王城大牢逃出來的戰鬥員十號負責。」

「潛入王城這種事已經跟散步沒兩樣了，包在我身上。」

我才想說最近怎麼都沒看到戰鬥員十號的蹤影，結果他好像又捅了什麼婁子，一直被拘禁在大牢中。

「你這次又做了什麼好事？」

「沒什麼大不了的。我知道半夜入侵是不對的行為，也為此反省。所以我就大白天光明正大地闖進緹莉絲公主的房間，光明正大地在緹莉絲公主的浴缸裡泡澡。」

為什麼要擅自在別人家洗澡呢？雖然有很多問題想問，但潛入王城這種工作，應該可以放心交給這個男人吧。

「由於我再次入侵，王城似乎又被重新改裝過了……沒什麼，小事一樁啦。」

真的可以放心交給這個男人嗎？

我心中忽然閃過一抹不安，可這個男人的潛行技巧確實令人甘拜下風。

我摸了摸戴在臉上的面罩調整位置，並向戰鬥員十號詢問：

「你好像一直被關在牢裡，但你知道我想潛入什麼地方嗎？」

「嗯，我當然知道。想去緹莉絲公主的閨房的話，就包在我身上。」

完全沒搞清楚狀況的戰鬥員十號說話的同時還豎起大拇指。

沒問題嗎？這傢伙真的沒問題嗎……！

——我和十號正在前往王城的路上。

看準居民沒注意的瞬間，我拿出收在背包裡的某樣東西，往月光能夠完全照射到的民家屋頂丟去。

「六號，那是什麼？」

「三跳蛙的卵。沐浴在月光下好像就會孵化。」

沒錯，我往屋頂丟的就是跟格琳採集到的那種卵。

在我身旁奔跑的十號應該不知道來龍去脈，卻瞭然於心地點點頭。

「就像我常把用完揉成一團的面紙，從二樓窗戶丟到隔壁家的屋頂那樣。」

「我姑且先問一下，用完的面紙應該是擤過鼻涕的吧？你在基地小鎮絕對不准做這種事喔。」

將卵大致撒完後，我和十號一同接近王城的外牆。

跟我先前來訪時相比，王城的外牆變得更高，而且正門以外的入口都被徹底破壞了。

但唯獨今晚，周遭沒幾個士兵的蹤跡。

城鎮附近莫名出現一大堆魔獸的目擊情報，大概跟此事有關吧。

「好，我們要怎麼進去？先把話說在前頭，我是想請你帶我去地牢。」
「地牢已經跟我家後院沒兩樣了，包在我身上。要入侵的話……就用這招吧。」
說完，十號拿出了一套女僕裝。
「……雖然我覺得機率不大，但你可別說要喬裝成在王城工作的女僕，堂而皇之地走進去喔？」
「你猜對了。城牆已經設下森嚴的戒備，防止外人跨越。而且唯一的入口王城正門還封得密不透風，所以一定要讓門衛放我們進去才行。」
到目前為止我都能理解。
「如果你是門衛的話，你會把哪種人叫住？笑得一臉諂媚的商人嗎？還是服裝和自己相同的士兵？越是搞這種小花招，反而越容易露出馬腳。既然如此，我就反向思考。如果有個猛男光明正大地穿著女僕裝走過來，你應該不想跟他扯上關係吧？」
確實是不想扯上關係，但一定會被叫住吧。
十號完全不顧周遭的目光，直接在現場換起了女裝。
「怎麼樣，適合我嗎？」
「適合到我覺得搞不好會成功的程度。」
他已經進化成奇妙的生物了。如果我是門衛，絕對不想跟這個人扯上關係。

「我把光學迷彩借給你，你就用那個隱蔽身形，跟過來吧。」

從十號手中接過可以折射光線的光學迷彩後，我立刻啟動。

不久後，我眼前這位在粗獷戰鬥服外又套了件荷葉邊女僕裝的面罩男子，抬頭挺胸地迎著城門走去。

兩名門衛看到十號都嚇了一大跳，露出無比糾結的模樣後，最後若無其事地……不對，是立刻別開視線打開城門。

沒想到真的行得通。

這男人可能不只是個單純的變態。

十號繼續往前走，目不轉睛地低喃：

「六號，前面拐個彎過去就是地牢了。如果我被人逮捕，你就先過去無妨。我會直接到緹莉絲公主那邊去。祝我們好運吧。」

外表怪裡怪氣的女僕對我說出這種充滿男子氣概的話。

明知在光學迷彩的遮蔽下，十號看不到我的反應，我還是默默地點了頭——

「六號大人，我就知道你一定會來。」

帶著一群騎士的緹莉絲和神情複雜的雪諾早已等在前方了。

6

「雖然我跟門衛說如月的人出現就放行，可是……沒、沒想到他們居然會讓穿成這樣的人進來，真是出乎意料。」

率領一幫騎士的緹莉絲顯得有些動搖。

「六號大人，現在我還能對你睜隻眼閉隻眼。為了我們和如月的美好前景，能不能請你直接回去呢？」

但她還是帶著前所未有的嚴肅神色，斬釘截鐵地這麼說。

……不是對用光學迷彩隱蔽身形的我，而是對那位詭異的面罩女僕。

我將背部貼著走廊的牆面，從緹莉絲等人旁邊通過，悄悄地前往地牢。

緹莉絲開始要說正事了，出面打擾也不太好，還是交給十號處理吧。

我順暢無阻地抵達地牢後，通過獄警身邊，開始搜尋要找的那個人關在哪間牢房。
不久後，我來到最深處的牢房。
發現杜瑟一臉認真，跪坐在地板上打遊戲——

（小瑟、小瑟，我是六號，聽得見嗎？）
我在牢房外輕聲低語，杜瑟就猛然一震抬起頭來。
「難、難道是六號先生嗎？你在哪裡？」
看到杜瑟東張西望的模樣，明明都這種時候了，我卻湧起一股惡作劇的心情。
（我現在是從遠處直接呼叫小瑟的心……聽得見嗎……？我的聲音有傳過去嗎……？）
「聽得到！我聽到你的聲音了，六號先生！」
有些亢奮的杜瑟遙望遠方這麼說道。
她的視線前方並不是躲在她眼前的我，而是面對離這裡有段距離的基地吧。
或許是怕獄警聽見自己的聲音，只見杜瑟壓低聲音說：
（六號先生，你也會用魔法嗎？而且還是心電感應這種強力魔法！）
杜瑟馬上就相信我的說詞，讓人有點擔心。
（現在先別管我隱藏的實力了。那是怎麼回事？小瑟妳在做什麼？怎麼會被處刑呢？）

聞言，杜瑟露出了一抹為難的苦笑。

（對不起，我對六號先生說謊了。六號先生要我陪你把正在攻略的遊戲玩到最後，我卻沒能遵守約定……）

說完，杜瑟無比珍惜地握緊了遊戲機。她現在身處牢獄，看起來十分落寞。

（我借妳的那個爛遊戲，妳現在玩到哪裡了？）

（謎題大致上都解開了，但戰鬥部分好難，一直沒有進展……）

因為第一次接觸遊戲機，動作類的指令對她來說應該不容易。

（沒關係，戰鬥場面交給我，小瑟就負責解謎。）

（……對不起，我馬上就要被處刑了。六號先生來到這裡時，一切就結束了吧……）

基地小鎮和葛瑞斯城雖然距離不遠，但也要花費半天才能抵達。

杜瑟不知道我近在眼前，說完後，她露出一抹夢幻的微笑。

（和六號先生一起度過的這段時光，真的很快樂。六號先生雖然只會來辦公室玩遊戲，有時發出怪叫或發牢騷，但光是看你自由自在的樣子，不知怎地心情就會變得好暖。）

或許是覺得已經來不及了，杜瑟忽然開始講述回憶。

（這樣啊。小瑟，先聽我一聲勸，別再繼續說下去了。妳一定會後悔喔。）

我對這樣的杜瑟心生擔憂並提出忠告，她卻默默地搖搖頭。

杜瑟似乎想將這番話當作最後的遺言，因此她沒有壓低音量，直接說出口：

「我不會後悔。只有幫你打遊戲的時候，我才是一個和朋友玩樂的普通魔族杜瑟，而非等候處刑的魔王。真的、非常謝謝你……」

再放任她繼續說下去，就會釀成無可挽回的悲劇。

（吶，小瑟，真的別再說了。我可是邪惡組織的戰鬥員喔？要是我把這種丟臉的回憶當成把柄，對妳提出無理的要求，到時候我可不管喔。）

「沒關係。初次見面時，我不就說過你可以對我為所欲為了嗎？可是如月裡的每個人，最後都沒有對我提出任何要求。」

說完，杜瑟輕輕笑了起來，看起來比以往還要脆弱。

或許是知道處刑的時間迫在眉睫，最後她想開點小玩笑，讓自己輕鬆一點吧。

（一切又還沒結束，妳在安心個什麼勁啊，小瑟？說不定妳待會兒會被帶去壞蛋的祕密基地，遭受慘無人道的對待喔。）

「無所謂。只要力所能及，我什麼都願意做。」

她居然說這種話。

（女孩子不能隨便把「什麼都願意做」這句話掛在嘴邊喔。否則一定會後悔。）

「我剛才也說過了，我不會後悔啊。啊啊，如果能和六號先生見上一面，我也願意為你做任何事，真可惜。是啊，要說後悔的話，這就是我唯一的遺憾吧。」

或許連調侃他人這件事本身也是杜瑟的初次嘗試。說完，她開心地輕笑幾聲。

……這樣啊。

「那就為了我做點事吧。總之先逃出這裡再說，小瑟。」

我拿下面罩、解除光學迷彩，出現在杜瑟眼前。見狀，杜瑟嚇得張大嘴巴僵在原地——

「——喂，怎麼啦，小瑟！妳的臉都紅了耶，小瑟！我說過妳一定會後悔吧！吶，小瑟，當著我的面做出那種羞恥的告白後，能分享一下妳現在的心情嗎？」

「……唔！……唔唔！」

雙手遮住通紅臉頰，肩膀不停顫抖的杜瑟用飽含怨恨的含淚雙眸抬頭看我。

「六號先生，你太過分了。」

「因為小瑟對我撒謊嘛。是妳違約在先，我可不原諒妳。我再說一次，妳只要陪我打完正在攻略的這款遊戲就好。」

總而言之，先把杜瑟綁回基地，再來想後續的事情吧。

杜瑟露出有點為難的表情。

「我不能離開這裡。為了讓這個國家的人原諒魔族，我……」

「管他的。我是邪惡組織的人，沒必要顧慮葛瑞斯王國和魔族。我要直接把小瑟綁走。」

沒錯，雖然常常會忘了這件事，但我們基本上還是邪惡勢力。

綁架美少女這種大壞事也能稱之為了不起的工作。

「這、這樣的話，如月和葛瑞斯王國的關係就會出現裂痕啊！要是更進一步引發戰爭的話——！」

「就算關係出現裂痕，我們的愛麗絲也會想辦法解決啦。她跟我不一樣，聰明得很。而且……」

沒錯，而且……

「我們立下的目標就是征服世界。反正最後也是要侵略葛瑞斯王國，只差在時間早晚而已。」

「……咦咦……」

杜瑟相當地震驚，但畢竟我們是邪惡組織嘛。

「話、話雖如此，說不定會把如月的戰鬥員全都捲入戰火當中啊！這種事……！」

不不，這孩子在說什麼啊？

「小瑟，妳之前不是說過『為什麼這裡的人動不動就吵起來』嗎？海涅也說過『你們居然比魔族還要血氣方剛，太奇怪了』。」

因為……

「戰鬥員的工作就是戰鬥啊。要是這個世界毫無戰爭，我們就要被裁員了耶。」

聽到我毫不猶豫地這麼說，杜瑟啞口無言。

「況且我之前也說過，如月的戰鬥員全是些不正經的傢伙，少了幾個也不成問題。」

「怎麼說得這麼過分呢？不可以說這種話！」

都這種時候了，杜瑟還是如此乖巧。但時間已經步步逼近了。

我拿出振動劍，將刀刃抵上牢房的欄杆。

「不、不可以，六號先生！如果我逃獄，會給很多人造成麻煩……啊啊！」

隨著「嗡」一聲，一根欄杆就被切斷了。

我將刀刃抵上第二根欄杆時，杜瑟帶著哭腔拚命控訴。

「快、快住手，六號先生，這攸關魔族的性命。你再繼續胡鬧，我要生氣嘍。我真的會生氣喔！我好歹也是魔王，實力很強喔！」

第二根欄杆掉到地上後，我準備繼續切第三根。杜瑟就露出了淚眼汪汪的憤怒表情。

真可愛。

「我、我討厭你……我還以為六號先生是個好人，你卻做出這種事，真讓人討厭。感覺好不容易可以息事寧人了，拜託你別來搗亂啦！」

第三根欄杆也被切斷了。

知道威脅這招對我無效後，杜瑟開始對我拚命哀求。

眼眶含淚的杜瑟真是可愛得要命。

我把刀刃抵上第四根欄杆時，杜瑟抓住刀背低喃：

「你為什麼要讓我這麼為難呢？我們才認識沒多久，感情也不是特別深啊。我早就做好心理準備了，所以……求求你……」

為了掩飾眼角的淚水，杜瑟將痛苦的神情朝向地面。

「小瑟、小瑟。」

聽到我這聲白目又輕快的呼喊，強忍淚水的杜瑟抬起了頭。

跟常人相比，我的頭腦真的只差了那麼一點點。

因此，雖然我搞不懂太困難的問題，但有句話我可以斷言。

——不可能有人會主動尋死。

「總之今天就回基地玩那個爛遊戲吧。」

在第四根欄杆落地的同時，杜瑟哭了出來。

7

杜瑟小心翼翼地抱著遊戲機跟在我後頭。

「六號先生，只到遊戲破關為止喔，之後請你將我引渡給葛瑞斯王國。我會遵守約定，也請六號先生遵守約定。」

「知道啦知道啦，答應妳答應妳。別說這些了，妳的眼睛很紅呢，小瑟。」

我隨便敷衍幾句，杜瑟就向我投來懷疑的眼神。

杜瑟在牢裡大哭一場後，對我的態度好像就不再客氣了。

杜瑟從沒如此直接地懷疑過別人，怎麼會變成這樣呢？

「順帶一提，如果遊戲機壞了，就要從頭再來一遍。對了，要是遊戲機故障，就得從我的國家送過來才行。」

聽到這句話，杜瑟重新將遊戲機緊緊抱在懷裡，避免摔壞。

「如果六號先生將遊戲機弄壞，這個條件就無效。還、還有，也不能隨便玩玩，故意讓自己死掉喔！請你認真玩遊戲！」

放心吧，就算不做這種事，我還有覆蓋遊戲存檔這一招。

如果不小心連這件事都說出來的話，以海涅為首的那群人就會變成刺客，直接跑來破壞遊戲機吧。

抵達地牢出入口後，我看了看外頭的景象。

……我仔細聆聽，就聽見了緹莉絲拚命大吼的聲音——

「六號大人，請你死心吧！這是如月和葛瑞斯王國早已正式締結的條約！……還有雪諾，給我拿出真本事啊！」

「不、不是，緹莉絲殿下……！我只是莫名覺得沒有幹勁，不是不想拿出真本事……」

「那就叫做偷懶！啊啊，真是的……！」

很遺憾，光學迷彩只能供一人使用。

我現在帶著杜瑟，幾乎不可能獨自脫逃。

可是……

「咕啊！好強，那傢伙真的太強了！」

「包圍他！雖然是如月戰鬥員，但他手無寸鐵，把他拿下！」

「戰鬥員六號……！這、這就是葬送了魔王軍四天王的男人的真本事嗎……！」

在我的視線前方，身穿女僕裝的「我」正在和騎士對戰。

如緹莉絲所言，雪諾不像平常那般神采飛揚。

難道她知道我想讓杜瑟逃走，才會有所斟酌嗎？

為了替「我」支援，我悄悄將光學迷彩交給杜瑟。

（這個道具可以讓人看不見妳的身影。我現在要去幫忙穿女僕裝的「我」，小瑟，妳就往大門方向逃走吧。）

（我、我會去懇求緹莉絲公主，請她稍微延緩處刑的時間！所以拜託你……）

杜瑟雖然這麼說，但緹莉絲好歹也是真正的王族和施政者。

賭上這個國家的威信，事到如今，她不可能礙於感情延後處刑時間。

我取出面罩重新戴上後，立刻奔向「我」的身邊。

「呀哈～～！我不會讓你們通過這裡！」

「又來了一個！」

「怎、怎麼會，這傢伙居然從地底下……！」

看到我擋住了眼前的去路，正在和「我」對打的騎士們都亂了陣腳。

「喂，大哥，任務順利解決了。現在馬上撤退。」

站在一旁的我喊了一聲，但穿著女僕裝的「我」卻緩緩地搖頭。

穿著女僕裝的「我」將手伸向面罩——

「你、你是十號大人！……唔！快去地牢確認魔王杜瑟還在不在！十號大人只是障眼法，可以不必管他。馬上壓制剛剛跑出來的那個人，盡速趕往地牢。首要之務是確保魔王！」

看到摘下面罩的十號，緹莉絲深感驚訝的同時，也冷汗直流地往後退。

十號緩緩地往緹莉絲走去，根本沒把騎士們的警戒放在眼裡。

「我還有些非做不可的事，能不能讓我過去呢？」

「前、前面是通往我房間的路，請問你要做什麼……？」

或許是不太會應付十號吧，只見緹莉絲一步步往後退。

「不是什麼大事。我只是要成為緹莉絲公主房間裡的家具。」

「等等，我完全聽不懂你在說什麼。」

我也沒聽懂他在說什麼。

「被關在王城地牢裡的這段期間，我仔細想過了。我已經為緹莉絲公主帶來不少麻煩。因此，我能做的就是向緹莉絲公主賠罪。我總是心想，能不能為緹莉絲公主貢獻出一份心力……」

嗯，到目前為止都還能理解。

「於是我想到了。我能做的事就是戰鬥。然而，愛好和平的緹莉絲公主應該不需要只會戰鬥的男人吧？」

「不，我非常渴望優秀的士兵，已經到望眼欲穿的程度了……」

十號把緹莉絲的意見當成耳邊風，大大地張開雙臂。

「在地牢裡的這段期間，我一直努力練習如何擬態成椅子。不只是椅子，床鋪也行。感到高興吧，緹莉絲公主，從今以後，我時不時會變成妳的家具。我會喬裝成椅子或床鋪，在角落守護著妳。」

「給我優先把這個男人抓起來！」

——十號瘋狂抵抗帶來強烈衝擊，並將騎士的注意力都引開的同時，我逐步接近正門。

因為連門衛都去壓制十號了，現在應該能成功逃脫。

能讓那位緹莉絲失去冷靜，十號真的很不簡單。

……這時，用光學迷彩隱去身形的杜瑟拍了拍我的肩膀。

我姑且想確認一下她的所在位置，便下意識伸出手。

……感覺被一隻看不見的手抓住後，我就沒辦法再繼續往前伸了。

（唔……！這只是單純的確認作業……！）

（我就站在這裡！你想摸哪裡啊！）

雖然聽見了杜瑟的悄聲抗議，但如果是前陣子的她，應該會毫無抵抗地任我亂摸。

變得積極主動是很好啦，但我是不是做了什麼不必要的事？

我心懷糾結地想將門推開，結果門根本文風不動。

呃，難道要用鑰匙開門嗎！

門衛也不是傻瓜，要離開工作崗位的時候，至少會把門鎖上吧。

就在此時——

城外忽然傳來了某種東西爆炸的巨響，以及通報危險的警鐘聲。

「公主殿下，這是城外出現大量魔獸時的警鐘聲！」

「而且剛才的爆炸聲是從鎮上傳來的！魔獸或許已經侵入城鎮了……」

魔獸接近的警鐘之所以會響，大概是我們養的那三隻野獸不斷嚎叫的關係吧。

爆炸聲應該是三跳蛙的卵順利孵化了……

騎士們對外面的狀況有些在意，自然而然地將視線轉往街道及正門方向——

於是和正準備開門的我四目相交。

「……唔！十號大人暫且……！嗚嗚……先、先別管他了，把那邊的戰鬥員抓起來！逼問他在地牢裡做了些什麼。要是魔王不在地牢裡，那個男人一定知道魔王跑哪兒去了！」

可惡，就算用戰鬥服的修正系統揮拳毆打，門也完全沒有要開的意思！

不對，我要冷靜思考。

如果我和十號直接被捕，騎士們就會為了擊退魔獸往城外移動。

這樣一來，正門應該也會開啟——

（小瑟，妳繼續躲在門邊。我猜這扇內門等一下應該會打開，妳就看準時機逃出去。）

但杜瑟卻毫無回應，反而還感覺到她似乎搖了搖頭。

不久後，我聽見將腳往後拉的聲音，以及杜瑟長長的吐息。

我猜到她想做什麼了，便仰望虛空低語道：

「小瑟，妳都會對奇怪的事情有所堅持耶。但我不討厭妳這種性格喔。」

隨著一陣短促的嘆息，光學迷彩的機能追不上杜瑟猛烈的動作，讓杜瑟原形畢露。

只見杜瑟的臉上帶著一抹暢快，大喝一聲，將緊貼腰間的左拳用力一揮。

「魔王拳！」

8

逃出王城後，我在葛瑞斯的街道上狂奔，冷汗狂冒不止。

「六號先生，你怎麼了？從剛剛開始就大汗淋漓耶？」

跑在我身旁的杜瑟擔心地詢問，然而四周卻傳來爆炸聲響，蓋過了她的聲音。

《惡行點數增加》

……沒錯，惡行點數從剛才就不停增加。

我原本心想，若撒出去的卵至少能孵化一個就好了，結果似乎發揮了意料之外的效果。

街上到處都是「居然是三跳蛙」的驚呼和爆炸聲。

「……是不是魔王軍殘存的黨羽，為了討回小瑟引發了恐攻呢……」

「我、我這邊的魔族才不會做這種事！這場騷動跟六號先生有關吧？你知道發生什麼事了吧！」

杜瑟馬上就識破我的伎倆，停下腳步觀望四周。

「……我果然還是該乖乖被處死才對……」

「是因為三跳蛙的卵啦！那只是三跳蛙的卵孵化後，剛出生又太過亢奮的新生兒爆炸了而已！我有問過，剛出生的三跳蛙爆炸的威力不會致人於死地啦！」

在杜瑟觀察四周的被害狀況時，王城的騎士們已經追上來了。

「小瑟，總之我們邊跑邊想吧！」

「不行，那裡有人被坍塌的木材壓住了！」

杜瑟絲毫不顧逐步逼近的騎士，跑去拯救痛到哀號的男子。

「小瑟，妳真是個大好人耶！但妳這種個性，我也不討厭就是了！」

我對跑去救人的杜瑟如此大喊後，擺出架式準備拖住騎士的攻擊。就在此時……

「哎呀哎呀，想靠救治傷者抬高自己的優勢嗎？怎麼跟狐狸精一樣盡做些卑鄙的勾當呢？」

格琳笑得一臉冷酷，說著宛如反派大小姐的台詞現身了。

她率領一幫戰鬥員，彷彿要將那群騎士團團包圍般擋住他們的去路。接著，格琳對幫自己推輪椅的那位戰鬥員打了個響指。

「……？怎麼了，格琳小姐。妳打這種沒事先商量好的暗號，我也看不懂啊。」

「我等等會說『受害者就由聖職者兼大司教的我來拯救，這裡不需要妳這個魔王』之類的話！然後你們就用輕蔑的態度捧腹大笑！聽好了，等我說完之後，你們就要大笑出聲！」

格琳說了些莫名其妙的話並趕往傷者身邊。

原來如此，雖然有點傲嬌，但她也打算用自己的方式幫助杜瑟啊……

「……喂，你們還愣在那兒幹嘛！治療傷者是我的工作！當我拯救了受傷的帥哥，讓他對我傾心時，我就要對他說：『抱歉，我已經有互許終生的對象了……』！」

「「「「哇哈哈哈哈哈哈哈！」」」」

「等一下，現在不是笑的時候！……怎麼，妳還不快點走啊！」

……呃，她可能只是想誆騙帥氣的傷者而已。

對了，那位「互許終生的對象」應該不是我吧？她應該沒有在腦海中大幅修改事實吧？可能因為平常就在妄想照護帥氣傷者的情景，格琳手腳俐落地為人們療傷。

「謝謝，真的太感謝妳了！」

見狀，杜瑟喊出這句話並狂奔而去。那群騎士則準備繞過擋在前方的格琳。

但戰鬥員們卻若無其事地擋在他們面前……

「等、等一下！喂，讓我們過去！……你們這些傢伙，知道這麼做會有什麼後果嗎！」

「格琳大人，妳這樣出手干預，讓我們很為難啊！妳不知道那個女人是誰嗎！」

格琳對大聲咆哮的騎士們揚起一抹妖豔的笑，並向他們招招手。

「比起那種小丫頭，我才是優質好女人吧？天上月色如此皎潔，要不要奢侈一下，喝杯酒共賞月呢？呵呵，來吧，讓我們忘了工作……」
兩位騎士轉過身去。
「別浪費時間跟這些人吵架！繞過去吧！」
「這條路上有密道，往那邊走！」
「…………………」
被晾在一邊的格琳摀著臉全身發抖。
「啊啊，格琳小姐！別、別在意，格琳小姐應該算是優質好女人！六號是這麼說的！」
「喂，格琳小姐真的在哭耶，你們還算是男人嗎！」
「快跟格琳小姐道歉！……呃，格琳小姐！我現在有喜歡的人了，但如果來世還能相會，我就跟妳交往！」
我和杜瑟隔著後背聽著這些聲音，跑向人潮眾多的大馬路。
除了三跳蛙之外，戰鬥員也在鎮上大肆作亂，到處都聽得見小混混口吻的叫罵聲。
但今晚可是砂之王的討伐祭典。祭典就該有點小爭執，這也是難免的吧。
——不久後，遠處傳來了格琳的哀嘆和騎士的哀號，我們也抵達了鎮上的廣場。
平常廣場上人潮熙來攘往，追兵騎士一定也會駐足不前。

畢竟他們不可能推擠本國國民，硬是要追趕我們。

我當然不會有這些顧慮，因為我是邪惡組織的人嘛。

……但踏入廣場後，我們才發現自己上當了。

「恭候大駕，六號大人。你終於來了……」

騎士隊長率領眾多士兵，在廣場上等候多時。我跟他的關係大概屬於雖然見過面，卻連名字也想不起來的程度。

士兵手上抓著投網和繩索，由此可見，他們不打算取我們性命。

眼前的騎士和士兵數量破百，要壓制這些人實在有點困難。

……此時，在停下腳步的我身邊氣喘吁吁的杜瑟將抱在懷裡的遊戲機遞給我。

「解謎部分能解的我都解完了……那個，雖然很遺憾沒能遵守約定，但我好久沒有跑這麼長一段路。多虧有你，我覺得暢快多了。」

說完，杜瑟臉上浮現出真的毫無遺憾的笑容。

「小瑟，妳看起來雖然無懈可擊，弱點就是太容易放棄了。因為妳很聰明，馬上就能判斷出情況難為與否吧。」

我一邊調整氣息，久違地拿出了傳送終端機。

看到上頭顯示的圖像後，我將終端機拿給杜瑟看。

「小瑟，妳知道這數字代表什麼嗎？這可是我過去儲存的點數當中最多的一次。這個數字會直接化作我的力量，妳只要這樣想就行了。」

我本來是心想，馬上就能擺脫點數負值的窘境了。

結果，今晚這場大騷動居然讓我的惡行點數逼近四位數。

「不、不行啦，六號先生。我沒有想活命到非得殺掉某個人的地步。雖然不知道你要做什麼……」

見我露出無畏的笑容，周遭的士兵都紛紛後退。

沒錯，在場的人跟我之間的關係，僅止於見過面卻想不起名字的程度罷了。

他們當然也明白我們這些戰鬥員的實力……

「別擔心，小瑟。我會控制力道不讓他們喪命。可能會稍微燒焦、爆炸、觸電、冰凍一下，但我一定會使用不至於死亡的武器。」

「和平一點！不能用和平的談話方式解決嗎？六號先生！我不會再逃跑了，至少等這個遊戲破關之前……！」

看到杜瑟焦急的模樣，現場的騎士和士兵似乎發現我在打什麼主意了。

雖然惡行點數好不容易轉正，但再次變回負值也無所謂。

要是現在對杜瑟見死不救，我大概會後悔一輩子……

「王八蛋，看看你做了什麼好事！我不是一直叫你安分點嗎？你就這麼不相信我這個搭檔？」

我正在挑選各式鎮暴武裝時，此刻我最不想見到的那個人帶著雪諾和緹莉絲現身了。

「抱歉，愛麗絲，妳就乖乖退下吧。否則我儲存至今的惡行點數會讓這座城鎮陷入火海喔？」

「哦？你想跟我真刀實槍地打一場是吧？很好，有能耐的話就放馬過來。就算你能幹掉我，我也會讓動力爐失控。不只是這座城鎮，連周遭諸國都會陷入火海。」

「別這樣好嗎？請兩位住手好不好？」

「六號先生，不可以！拜託你收手吧！」

我和愛麗絲之間迸射出陣陣火花，緹莉絲和杜瑟則拚命制止。

或許是判斷再這樣下去會有危險，緹莉絲立刻下達指令。

「雪諾，和其他騎士和士兵聯手，將這兩人繩之以法……盡量溫和一點，別傷害或刺激他們喔。」

接獲命令的雪諾聽到這句話，居然渾身一震。

我太懂她了。

雖然她偶爾，真的是在非常難得的狀態下，會展現出善良的一面。但她基本上還是趨炎附勢的那種人。

眼下情況在所難免。換作是我，或許也會選擇服從。

「緹、緹莉絲殿下……我此刻的行為絕無反抗之意，可是……」

但雪諾給出這樣的前提後——

「這個名叫杜瑟的女人非常善良，在魔族當中算是相當罕見……而且她不僅能處理文書工作，還有戰鬥能力！我認為現在與其取她性命，不如活捉她好好利用……！」

「夠了。」

出面阻止拚命控訴的雪諾的人，竟是被袒護的當事人杜瑟。

「真的很謝謝妳，雪諾小姐。仔細想想，我在基地小鎮時總是給妳添麻煩。但是沒關係。過去只因為我是魔王的女兒，大家就對我聞風喪膽，只在乎我的頭銜。可是在這裡，你們只看重我的工作能力，願意好好看待我這個人。不僅如此，還有這麼多人幫助我，我真的覺得很幸福，不能再繼續奢求了……請妳別露出這麼痛苦的表情。」

說完，杜瑟就走向愛麗絲一行人。

我往他們的方向看去，和我對上視線的愛麗絲就點點頭，彷彿在說「放心交給我吧」。

……真的可以相信妳嗎？

「杜瑟，妳跟其他人不一樣。在我以往見過的人當中，妳非常優秀，也不像戰鬥員那麼愚蠢。」

這番血口噴人的言論雖讓我心生不滿，但還是滿有道理的，我還是先閉上嘴吧。

當騎士和士兵們都屏息以待時，愛麗絲拿出了某樣東西。

「這個的使用方法都寫在說明書上，就看妳怎麼使用了。反正都已經走到這種地步，就讓我看看魔王的氣魄吧。」

從愛麗絲手中接過某樣東西後，杜瑟開始看起說明書。

我走向正在看說明書的杜瑟，從旁瞄了一眼，但說明書是由這個國家的文字撰寫而成，所以我不知道這是什麼。

讀完說明書後，杜瑟對我和愛麗絲露出了有些為難的苦笑。

——接著，她冷不防地用力跳向民家的屋頂。

在高處以皎潔明月為背景的美少女，不管怎麼說都相當顯眼。

在遠處圍觀的群眾和在場的所有人都將注意力放在杜瑟身上。

杜瑟始終緊盯著我，中途忽然轉為嚴肅的神情——

「吾名杜瑟。前魔王米祿米祿的女兒——魔王杜瑟！」

中二病之魂忽然覺醒的杜瑟在眾人的注視之下，猛地揚起披風。

她將愛麗絲給的某個東西高舉向空，再次提高音量說道——

「魔族會對人類大舉進攻，全都是我和父親設的局。我們用魔王代代相傳的洗腦魔法，操控愚昧無知的魔族，才會走到這種地步……」

……感覺就像最終頭目在臨終前把過去的計畫全盤托出似的。

「因為現場這些祕密結社如月的戰鬥員，我們的計畫全都泡湯了。為了逃出此地，我試圖引發恐怖攻擊，卻也像這樣被擋了下來……沒錯，今晚的爆炸和魔獸騷動全都是我一手擬定的計畫……」

愛麗絲雙眼閃閃發亮地點點頭。妳這傢伙真的沒問題嗎？

現在這狀況真的沒問題嗎？

「既然再這樣下去，會像人族一樣遭到處刑，倒不如由我親手了結自己的性命。仔細欣賞魔王死亡的瞬間吧——」

不行，這根本大有問題啊……！

我立刻想衝上前去，但一直盯著我看的杜瑟卻從高舉的那個東西裡拉出了如針一般的物體——

「好好見識我的實力吧！天地轟雷！米德加爾特之雷——！」

伴隨著強烈的閃光和爆炸聲，杜瑟的身影消失無蹤——

「幹得好！怎麼樣，六號，自爆就是惡人臨終的浪漫！太精采了！」

「太蠢了！明知道妳喜歡自爆，還選擇相信妳的我真的太蠢了——！」

9

那場騷動後又過了一週。

杜瑟上演了一齣精采絕倫的死亡大戲後，我和哭得抽抽搭搭的海涅都獲得了短暫的休假，每天都過著無聊發呆的日子。

不過，就算沒得到休假，我也老是在打混摸魚就是了。

雖然實際上是愛麗絲替我們做了了結，但我還是能明白，那個沒血沒淚的仿生機器人才是正確的。

況且，如果要在眾目睽睽之下被來歷不明的傢伙處刑，或許以魔王的身分華麗凋零比較好，還能留下死亡的精彩畫面。

是啊，這種事不用說我也知道。

要讓這場漫長的戰爭畫下圓滿的句點，確實需要這種殺雞儆猴的場面……

「……吶，海涅。擁有紅色瞳孔、漆黑毛髮、以及無與倫比之名的爆焰之王……這到底是什麼魔獸啊？」

「……邪神或破壞神之類的吧？別問我啦，我不擅長動腦。」

雖然還是這種莫名其妙的謎題，但唯獨這個遊戲，我無論如何都想破關。

我真的很不想拜託愛麗絲，可現在還是該去問她才行。

「……不是邪神也不是破壞神。唉～又死了……」

我躺在辦公室的沙發上，把這個爛遊戲扔在一邊。

海涅懶散地坐在以往杜瑟所坐的椅子上，喃喃自語：

「……我要休息到何時啊……要是毀滅者閣下肚子餓了，我就該早點復工才行……」

她對毀滅者閣下的誤解似乎還沒解開，但這樣比較有趣，就先放著不管吧。

我用力伸了個懶腰，依舊閒得發慌時……

《所有如月相關人員盡速至廣場集合。要向各位介紹本部派遣過來的怪人。每個人都要到場，不准缺席。》

聽到愛麗絲突如其來的廣播，我低聲喊道：

「啊啊……糟了。這麼說來，我之前有向本部提出怪人的援軍請求……」

「這裡已經聚集了各式各樣的猛將，你還覺得不夠嗎？」

海涅向我提出詢問，然而並非如此。

我是為了意外喜歡可愛小物的某人，才要求怪人熊貓男先生和無尾熊男先生前來支援。

不過事到如今，也已經毫無意義可言了。

「好像非得去迎接才行……畢竟是我指名的……」

我完全提不起勁，但也無可奈何。

算了，光是看到熊貓男先生和無尾熊男先生就能療癒心靈。

對現在的我們而言，說不定是最可靠的援軍。

於是我和海涅鞭策懶散無力的身軀，想辦法讓自己離開現場——

——抵達廣場後，除了我們以外的所有人都已經在此集合了。

「愛麗絲，被派來的怪人是熊貓男先生還是無尾熊男先生？」

「啊啊？那兩個人太紅了，才不會來這種偏僻的地方呢。」

愛麗絲馬上回答後，我大失所望地垂下了頭。

我本來想要瘋狂揉蹭熊貓男先生的肚子，結果連這種心願也無法實現。

我垂頭喪氣地站在列隊的戰鬥員之間，不經意地瞄了眼貌似被派來的怪人。

——那位怪人穿著機車騎士會穿的那種全身緊身衣。

而且稀奇的是，她還戴著感覺會發給我們這些戰鬥員的半罩式安全帽。

但從依稀可見的嘴角及在全身緊身衣包裹下凹凸有致的身材曲線，應該是女性怪人。

……看樣子，我的搭檔似乎比想像中更為優秀。

不知為何，那名怪人身上的緊身衣只有左臂是無袖設計。在海涅淚流滿面的同時，那名怪人用不知在哪兒聽過的嗓音說——

「基地小鎮的各位，初次見面，我是怪人毒蛇女。從祕密結社如月本部前來助各位一臂之力……擅長的工作是所有行政事務。興趣是……」

這句話她應該是說給在場的所有人聽，但她的視線卻緊盯著我。

「興趣是遊戲解謎。」

果真曾在某處見過的那溫柔的嘴角，綻出了燦爛的笑靨——

尾聲

新幹部派遣至此的隔天。

將房屋和工作分配給所有魔族領地的居民後，基地小鎮稍稍變得朝氣蓬勃了。

在昨天的新幹部歡迎會上，大家都變成了醉鬼，整件事就這麼被敷衍過去。但此刻愛麗絲在鎮上廣場被戰鬥員團團包圍，要求她說明事情的真相。

「喂，小不點，這次的狀況或許還算順利，但妳應該先告訴我們吧？」

「幹得好啊，小不點。毒蛇女小姐這件事也處理得不錯。」

「別因為立了大功就得意忘形喔，小不點。還有，跟莉莉絲大人說一聲，請她幫妳裝個大胸部吧。」

愛麗絲被戰鬥員動作粗魯地摸頭，臉頰還被扯來扯去，顯然有點動怒了。

「你們這些蠢貨哪會演這種內心戲啊。我跟緹莉絲一開始就講好要塑造出處刑的假象，其實是要……都是六號太雞婆了，才會變得這麼複雜……」

「是是是，妳好聰明。但下次妳要先講嘛，小不點。跟我們解釋一百次左右，我們也能

聽懂啊。」

「太難的事我不懂，但這樣就算完美收場了吧？好，妳可以回去工作了。代替我們寫報告書吧。」

「喂，愛麗絲。戰爭狀態已經解除，所以妳別再擺上司架子了，對我們使用敬語吧，聽見沒有？」

看到這些戰鬥員完全沒把自己的話聽進去，愛麗絲終於發飆了。

她忽然變得面無表情，一動也不動，用機械式的口吻照本宣科地說：

『確認本體遭受攻擊。為保護機要安全，將啟動自爆裝置。請附近居民及如月相關人員即刻避難。再重複一次……』

「等等，愛麗絲，別開這種讓人笑不出來的玩笑，很恐怖耶！」

「知道了，都是我們的錯，愛麗絲！別面無表情地像機器人一樣毫無起伏地講話啦！」

「妳不是真的要自爆，只是在威脅我們吧！愛麗絲小姐，求求妳別再生氣了！」

隔著辦公室的窗戶，看到那群戰鬥員開始哄愛麗絲的場景後，我單手拿著遊戲機躺在沙發上。

「小瑟、小瑟。上有大風，下有冰霜，征服了壯烈無比的雷電風暴。汝，大聲喊出吾的名諱吧！……妳知道這是什麼嗎？」

「這應該不是生物，而是國家的名字吧。位於冰雪地帶的匹匹姆特國，似乎老是為了颱風和落雷傷透腦筋呢。」

杜瑟給出了答案，而蘿絲正枕著她的大腿睡午覺。

在室內酣睡的不只是蘿絲而已。不知為何，連格琳也坐在輪椅上打瞌睡。

在杜瑟振筆疾書的沙沙聲中，我輸入了答案……

『蠢貨，快滾吧！給我從頭探索這座地下城！』

「小……！小瑟，居然要重來耶！這下怎麼辦，又要從頭開始了，小瑟！」

「答錯了嗎！抱歉，真的很抱歉！等我把這些資料處理完，就幫你玩到目前的進度！」

那天愛麗絲交給杜瑟的東西，是適合用來表演英雄秀的道具，只會發出聲音和光線。

愛麗絲遞給她的那張紙上，似乎寫著「營造出自爆的假象，並用戰鬥員十號的光學迷彩隱去身形」。

當初的預定計畫，原本是要利用全像技術上演公開處刑，所以愛麗絲和緹莉絲都罵我多管閒事。

因為大部分的戰鬥員都是蠢蛋，感覺沒辦法駕馭內心戲，所以才會暗中進行。

就在此時——

「……哼，已經換上新的女人了啊。你這傢伙真的很不檢點耶。」

不敲門就走進辦公室的雪諾看到我和杜瑟後就皺緊眉頭。

這麼說來，這傢伙還沒聽說這件事。

「那個，六號先生，跟雪諾小姐解釋一下……」

「沒關係啦，小瑟。這傢伙是個守財奴，可能會為了錢洩漏機密。」

聽到我喊的這聲「小瑟」，雪諾露出疑惑的神情。

「……你剛剛說『小瑟』？」

「在我的星球，會把蛇稱為蚺蛇或毒蛇。因為她是毒蛇女，所以才喊她小蛇。」

聞言，雪諾嫌棄地皺起臉說：

「你真的很沒節操耶。杜瑟背負著魔王之名，奮不顧身地克盡了職責，你卻把她跟這個忽然迸出來的女人相提並論……雖然我每天都代替死去的士兵虐待她，但站在上位者以及人性的立場，我還是在某種程度上認同了那個魔族。而你竟然……！」

「那、那個，雪諾小姐。算我求妳了，這些話還是……」

當著自己的面被如此盛讚，讓杜瑟相當害羞，變得面紅耳赤。結果雪諾充滿敵意地對她說：

「妳有什麼理由叫我雪諾小姐！」

「對、對不起！」

雪諾焦躁地抓了抓頭髮，隨後重新對著我說道：

「這不重要。我來這裡是有原因的。」

說完，她端正姿勢。

「隊長，請你僱用我進如月工作吧！」

…………

「咦咦？呃，妳拿掉騎士的頭銜之後，就毫無可取之處了耶……」

「除此之外還有很多優點啦！不對，我不是這個意思！其實緹莉絲殿下因為這場騷動狠狠訓了我一頓……最後可能會被炒魷魚……」

老實說，這方面我早就聽緹莉絲提過了。

她直接拜託我，除了格琳和蘿絲之外，讓雪諾也加入我們的陣營。

所以這傢伙已經確定會轉移到如月旗下了……

「如果妳以後都對我使用尊稱，每天獻上性感妖嬈的服務，那就無所謂。」

「六、六號先生，這太過分了吧……而且雪諾小姐應該是因為我才會被解僱……」

杜瑟對我的提議叮囑了幾句，但雪諾卻忽然發現了某件事情。

「對、對喔，怪人毒蛇女姊姊的地位比六號還要高嘛！毒蛇女姊姊，請讓我進如月工作吧！」

「啊，這傢伙！」

沒錯，杜瑟的工作能力出眾，實力又堅強，忽然就以幹部的身分加入了如月。

也、也是啦。她原本是魔王，應該習慣怎麼對待部下了，所以我沒放在心上。

就在我暗自說服自己的同時——

《緊急狀況。如月相關人員請中斷手邊的工作，立刻到會議室集合。》

愛麗絲的廣播內容隨著緊急狀況的警報聲同時傳來。

我豎起耳朵，準備聽聽到底發生什麼事——

《正在與我們交戰的鄰國托利斯滅亡了。再重複一次，請立刻到會議室集合。》

後記

這次非常感謝各位購買《戰鬥員派遣中！》第五集，我是作者暁なつめ。

這個系列終於邁入第五集。當初這部作品上市時，聽說能不能出續集要看第一集的銷量而定。但多虧了讀者大人的支持，才能出版到第五集，真是感激不盡啊……！

這一集帶了點正經要素，底層戰鬥員的戲分也很多。他們之後會變成留守基地的要員，所以能讓他們在魔王篇結束前出場，真是太好了。

如果是《美好世界》的話，故事應該到這裡就結束了。但戰鬥員系列的奇幻要素反而現在才要正式展開。

雖然這集算告了個段落，不過角色終於全員到齊了。

蘿絲出生的祕密、解開隨處可見的超高科技之謎，還要開發和探索行星。往後的日子裡，他們應該會用盡千方百計展開侵略吧。

這個故事的目標並非擊退魔王。雖然魔王一下子就被打倒了，但他的人品和詳盡的軼事不知道未來有沒有機會寫出來……

——由於沒什麼必要，我想大概只會出現在杜瑟憶當年的話題當中吧，這也沒辦法。

接著，其實戰鬥員系列有一項重大發表。

先把話說在前頭，不是要出廣播劇ＣＤ。

我不是在裝模作樣，但スニーカー文庫近期內應該會發布消息，敬請期待！

——這一集雖然趕在截稿日最後一天交稿，但還是順利地出版了。以繪師カカオ・ランタン老師為首，Ｋ責編和編輯部的各位同仁，以及其他相關人員，這都是你們的功勞。

我也要向協助本書出版的所有人致上謝意。

還有，雖然這已變成固定的問候詞了，我還是要向購買本書的讀者們獻上最深的感謝！

暁なつめ

國家圖書館出版品預行編目資料

戰鬥員派遣中! / 暁なつめ作 ; 林孟潔譯. -- 初版.
-- 臺北市 : 臺灣角川股份有限公司, 2021.01-
冊 ; 公分. -- (Kadokawa fantastic novels)
譯自 : 戦闘員、派遣します!
ISBN 978-986-524-195-7(第5冊 : 平裝)

861.57 109018341

Kadokawa
Fantastic
Novels

戰鬥員派遣中！ 5

(原著名：戦闘員、派遣します！ 5)

2021年1月6日　初版第1刷發行
2021年4月27日　初版第2刷發行

作　　者：暁 なつめ
插　　畫：カカオ・ランタン
譯　　者：林孟潔

發 行 人：岩崎剛人
總 編 輯：蔡佩芬
編　　輯：高韻涵
美術設計：李思穎
印　　務：李明修（主任）、張加恩（主任）、張凱棋

發 行 所：台灣角川股份有限公司
地　　址：105台北市光復北路11巷44號5樓
電　　話：（02）2747-2433
傳　　真：（02）2747-2558
網　　址：http://www.kadokawa.com.tw
劃撥帳戶：台灣角川股份有限公司
劃撥帳號：19487412
法律顧問：有澤法律事務所
製　　版：尚騰印刷事業有限公司
ＩＳＢＮ：978-986-524-195-7